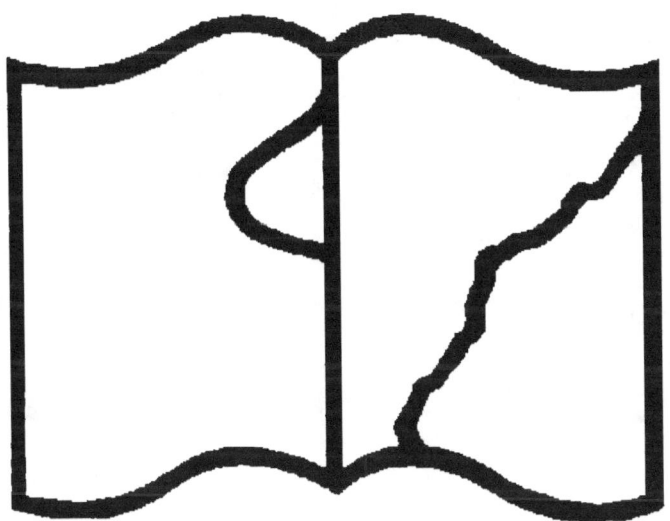

Texte détérioré - reliure défectueuse
NF Z 43-120-11

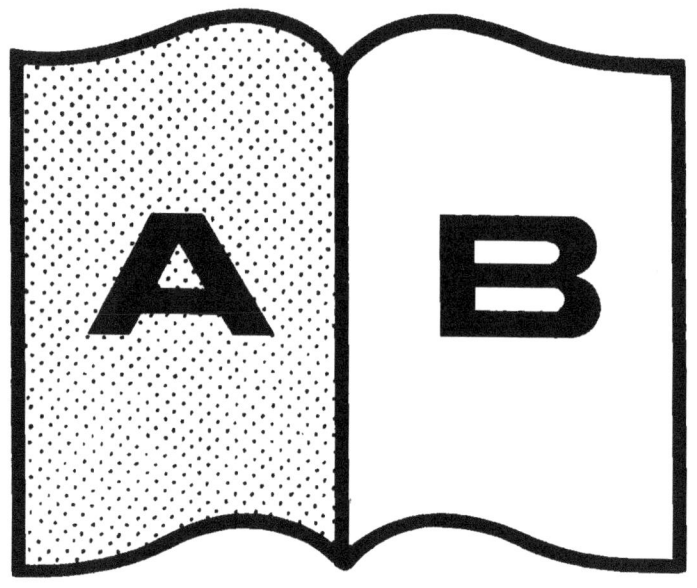

Contraste insuffisant

NF Z 43-120-14

TOPOGRAPHIE

ET

PLAN STRATÉGIQUE

DE L'ILIADE

AVEC

UNE CARTE TOPOGRAPHIQUE ET STRATÉGIQUE

PAR M. G. NICOLAÏDES

(DE L'ILE DE CRÈTE)

PARIS

LIBRAIRIE DE L. HACHETTE ET Cie

BOULEVARD SAINT-GERMAIN, 77

1867

TOPOGRAPHIE

ET PLAN STRATÉGIQUE

DE L'ILIADE

TOPOGRAPHIE

ET

PLAN STRATÉGIQUE

DE L'ILIADE

AVEC

UNE CARTE TOPOGRAPHIQUE ET STRATÉGIQUE

PAR M. G. NICOLAÏDES

(DE L'ILE DE CRÈTE)

PARIS

LIBRAIRIE DE L. HACHETTE ET Cie.

BOULEVARD SAINT-GERMAIN, 77.

—

1867
1866

PRÉFACE.

Lorsque l'auteur du travail sur la *topographie et le plan stratégique de l'Iliade* se fut décidé à publier son livre en langue française à Paris, notre ami commun, M. Renieri, me demanda de vouloir bien me charger de reviser le manuscrit et d'en surveiller l'impression ; le simple désir d'être agréable à M. Renieri devait tout d'abord me décider à accepter sa proposition, et je m'empressai de le faire.

Puis, lorsque le manuscrit de M. Nicolaïdès fut entre mes mains, lorsqu'il m'eut été donné de le lire et de l'étudier, un autre sentiment vint m'encourager dans la tâche que j'avais entreprise. Je vis que ce travail, si ingénieux et si consciencieux à la fois, éclairait l'*Iliade* d'un jour nouveau, et qu'au charme si souvent célébré de la poésie et de la fiction, il venait ajouter l'intérêt si puissant de la réalité. Ce que de nos jours de savants et infatigables voyageurs, par leurs explorations dans la Palestine et dans la péninsule sinaïtique, ce que de savants et ingénieux

critiques, par leurs recherches historiques et philo-
logiques, ont fait pour la Bible, il me sembla que
M. Nicolaïdès, dans la direction qu'il a suivie, l'avait
fait pour l'*Iliade*.

C'était pour moi, d'ailleurs, un sujet de vive
satisfaction de penser que ce travail, si utile à l'intelligence de la vieille épopée homérique, si favorable
à la gloire de son auteur, émanait d'un Grec. Je
voyais là un nouveau et important témoignage de ce
retour à l'activité littéraire qui aujourd'hui se manifeste d'une manière si remarquable parmi les Hellènes, non-seulement à Athènes et à Constantinople,
mais partout où subsiste, partout où se forme quelque
ancien ou nouveau foyer de vie hellénique [1].

C'est là, j'ose le dire, un des grands événements
de ce temps-ci, qui cependant en a vu, et en voit
encore s'accomplir de si merveilleux. C'est une
renaissance nouvelle qui s'opère, non plus comme
au xve siècle, au sein des anciens peuples bar-

---

1. Nous mentionnerons spécialement la *Société hellénique littéraire*
(ὁ ἑλληνικὸς φιλολογικὸς σύλλογος), fondée en 1803 à Constantinople, et
le *Cercle littéraire* qui vient cette année même de se fonder à Alexan-
drie. — Sur le développement de la culture grecque dans ces dernières
années, consultez le remarquable travail de M. Saripolos, professeur
à l'université d'Athènes, sur *le Passé, le Présent et l'Avenir de la
Grèce*. Trieste 1866.

bares convertis au christianisme et à la civilisation, mais au sein du peuple grec lui-même,
reprenant en quelque sorte le cours interrompu de
son existence nationale. Mais pour bien faire comprendre le caractère de cette nouvelle évolution,
pour en bien faire sentir toute la portée et les conséquences, je ne puis mieux faire que de rappeler ce
qu'écrivait à ce sujet, il y a bientôt douze ans, l'ami
dont je prononçais le nom tout à l'heure, M. Renieri.
S'adressant aux Grecs, dans un recueil destiné à
mieux faire connaître la Grèce à l'Europe [1] :

« Nous ne devons pas être seulement, leur
disait-il, le pâle reflet de l'Europe occidentale ; nous
devons aussi accroître ses richesses morales, pousser
plus loin les bornes de son horizon, jeter de nouveaux éléments dans la variété de son organisation.

« L'originalité est, chez les peuples, le cachet
infaillible d'une grande mission. Notre originalité à
nous, c'est l'Hellénisme...

« Depuis l'époque de la Renaissance, l'Occident
s'est aperçu que la société antérieure à la chute de
l'Empire romain était non-seulement la source du

1. *Le Spectateur de l'Orient.* Athènes, 10/22 février 1855.

divin et du juste, mais encore du beau et du vrai ;
que pour s'abreuver à cette source il fallait comprendre l'antiquité, et qu'on ne pouvait se livrer à
cette entreprise sans le secours du peuple qui seul
a conservé la langue et la tradition hellénique. Les
savants grecs, dispersés en Occident par la con-
quête ottomane, ont été au xve siècle de vrais
initiateurs. Ils ont fait une véritable révolution. A
peine eurent-ils allumé en Europe le flambeau de
l'Hellénisme, que l'édifice du moyen âge parut laid
et baroque. L'Europe ne douta plus seulement de
son Église et de ses institutions politiques ; elle
douta aussi de son goût. A cette lueur féconde, les
lettres modernes ont créé des ouvrages qui sont
des chefs-d'œuvre, si on les compare à l'époque
du moyen âge, mais qui sont des essais, si on les
compare aux véritables chefs-d'œuvre du génie grec.
Pas plus que la Réforme religieuse et politique,
la Réforme littéraire n'a encore atteint son but, et
l'Occident en est encore à la recherche de son idéal.
Nous n'avons pas la folie de croire que nous possé-
dons cet idéal, qui jusqu'à présent a échappé aux
embrassements de l'Occident ; mais nous avons l'orgueil de croire que nous pourrons l'aider puissam-

ment dans cette recherche. Cette noble ambition se fonde sur ce que nous avons moins d'obstacles, moins de murs de séparation à franchir pour remonter à l'antiquité gréco-chrétienne; nous pouvons plus facilement aspirer son air salutaire et fécond; nous en sommes plus près par notre langue, notre Église, notre histoire, nos traditions sociales et littéraires. Si une poignée de savants grecs a rendu au xvᵉ siècle de si grands services à l'Europe, si elle a changé la face du monde, ne peut-on pas, sans être taxé d'une excessive ambition, espérer quelque chose de grand pour les destinées de l'humanité, lorsque le peuple grec tout entier, guéri de ses maux séculaires, ne portant plus à ses mains et à ses pieds les empreintes des chaînes de l'esclavage qui, au dire d'Homère, enlève à l'homme la moitié de son âme, vient s'asseoir au grand banquet des peuples civilisés? »

Ces lignes de notre ami me revenaient souvent à la mémoire pendant que je m'occupais de la publication du livre de M. Nicolaïdès; mais en même temps la lecture de l'antique poëme à laquelle j'étais ramené par ce travail, suscitait en moi d'autres pensées. Je songeais que l'entreprise célébrée par Homère n'était

que le premier acte de cette lutte colossale qui,
depuis trois mille ans, arme l'un contre l'autre les
maîtres de l'Asie et les possesseurs des îles et de la
presqu'île hellénique, et qui tant de fois a ensan-
glanté les rivages ou les flots de la mer Égée. —
A la guerre de Troie succèdent, après bien des siècles, les guerres médiques ; à celles-ci les conquètes
d'Alexandre, puis, après bien des siècles encore, la
lutte de Constantinople, de la Rome hellénique, contre
les Persans, les Arabes et les Turcs. Après la chute
de Constantinople, la Grèce semble définitivement
vaincue, domptée, on dirait anéantie. Et cependant
après quatre siècles de mort apparente, de nos jours,
l'insurrection grecque et la fondation du royaume
hellénique viennent relever la nationalité, ranimer
toutes les espérances de la Grèce. Aujourd'hui l'HEL-
LADE HOMÉRIQUE tend à se reconstituer, à réunir ses
membres dispersés, et en ce moment même les
fils héroïques de la Crète, soutenus par les sympa-
thies et les efforts des Hellènes et des philhellènes,
luttent, au prix de leurs biens et de leur sang, pour
secouer le joug de leurs maîtres asiatiques. Et tandis
que sur le sol de la patrie ils soutiennent cette lutte
si inégale, avec un invincible courage, sur le sol

de l'Attique, d'autres fils de la Crète, des hommes
tels que MM. Nicolaïdès et Renieri, tout en prêtant
à leurs glorieux et infortunés compatriotes l'appui
le plus actif et le plus dévoué, poursuivent sous
une autre forme la haute mission confiée à la race
grecque. Si grands en effet que soient les services
rendus à l'humanité par la Grèce, dans sa lutte
séculaire contre l'Asie, ils n'égalent cependant pas,
aux yeux de l'histoire, ces grandes créations poétiques,
littéraires, scientifiques, philosophiques, religieuses,
suscitées ou facilitées par les victoires helléniques,
mais dont l'influence a été bien plus profonde, bien
plus durable encore sur la condition finale de l'humanité. Achille et Agamemnon, Miltiade et Thémis-
tocle, Agésilas et Alexandre, n'ont pu remporter sur
l'Asie une victoire définitive; mais ils ont fait surgir,
ils ont laissé après eux Homère, Eschyle, Hérodote,
Aristote, les savants et les lettrés du musée d'Alexan-
drie, et ce qu'eux-mêmes n'avaient pu faire, l'influence de ces puissants génies et de ces hommes de
science, et avec ceux-ci le chœur entier des muses
helléniques, l'a fait ou achèvera de le faire. Un jour,
au premier siècle de notre ère, la langue, la science,
la littérature et la philosophie grecques étaient deve-

nues prédominantes dans le bassin de la Méditerranée, et le génie grec put ainsi devenir le plus puissant collaborateur, le propagateur le plus actif du christianisme. Eh bien, aujourd'hui encore, c'est dans le perfectionnement et la diffusion de sa langue et de sa culture intellectuelle que la Grèce doit trouver son plus puissant moyen d'action. C'est par là surtout que le génie hellénique, déjà si profondément empreint dans la civilisation occidentale, et qui doit la pénétrer plus profondément encore, réussira à s'imposer même à l'Asie. C'est par là que la Grèce, quoi qu'il arrive, régnera même à Constantinople, et effaçant à la clarté de sa science, de sa poésie, de sa philosophie, les imparfaites lueurs du Coran, communiquera son empreinte hellénique et chrétienne même aux fils d'Othman. Alors aussi sera définitivement vérifié le mot du poëte :

> Græcia capta ferum victorem cepit.

GUSTAVE D'EICHTHAL.

Paris, 25 décembre 1866.

TOPOGRAPHIE

ET

PLAN STRATÉGIQUE

DE

L'ILIADE

CHAPITRE PREMIER.

EXPLICATION DU TITRE DE L'OUVRAGE. — DIVISION
NATURELLE DE L'ILIADE.

Malgré l'admiration dont l'*Iliade* a été l'objet depuis tant de siècles, une des qualités les plus éminentes de ce poëme est restée inappréciée jusqu'ici. Comme cela était bien naturel, la gloire du poëte a éclipsé le mérite du stratégiste.

L'*Iliade* raconte les événements de cin-

1

quante jours de la dernière année de la guerre
de Troie, depuis celui où commence la ma-
ladie pestilentielle dans le camp grec, jusqu'au
jour des funérailles d'Hector; ces événements
y sont exposés d'une façon naturelle et logi-
que; mais le poëte fixe spécialement son
attention sur les hostilités de cinq jours, et
en donne la description avec toute la préci-
sion et la science d'un historien militaire.

Il y a, en effet, dans l'*Iliade* un PLAN STRATÉ-
GIQUE, et par ce mot nous entendons :

1° Le classement et l'ordre stratégique des
nations ou corps composant les deux armées
grecque et troyenne; d'où ressort l'importance
relative de ces nations et de leurs chefs;

2° Le rapport des mouvements militaires
de l'*Iliade* avec l'arrangement des armées
et avec la TOPOGRAPHIE de la Troade; d'où ressort la détermination certaine de la plaine
troyenne, d'Ilion, des rivières et des autres

éléments topographiques mentionnés dans le poëme.

Les épithètes, les comparaisons, les beautés poétiques et oratoires, les idées morales et politiques de l'*Iliade* ont eu d'innombrables et dignes admirateurs; mais personne, que nous sachions, n'a pu découvrir jusqu'ici le vrai plan du poëme, le véritable office du *Catalogue,* et faire l'application exacte des localités aux événements de l'*Iliade,* selon la claire et scientifique indication d'Homère; voilà pourquoi tant d'opinions paradoxales ont été émises sur le poëte, sur l'*Iliade,* et sur sa topographie.

Le temps qui dompte tout, qui anéantit les ouvrages des hommes, n'épargne pas non plus notre vieille planète; il n'y aurait donc pas à s'étonner si, après trente siècles, les rivages de la Troade et *Ilion sacré* avaient été profondément modifiés par la main destructive du temps, et par celle plus destructive encore des hommes. Mais heureusement la plaine troyenne n'a presque pas changé, et atteste encore aujourd'hui l'exactitude des tableaux homériques.

D'ailleurs les descriptions de l'*Iliade* nous ont dépeint avec une telle évidence les lieux qu'elles ont immortalisés, que, même si la Troade venait à disparaître entièrement, on pourrait avec la seule *Iliade* la dessiner et la recomposer.

Sans aucun doute les contemporains d'Homère et ceux qui vivaient peu de temps après lui connaissaient la valeur stratégique de l'*Iliade* et y puisaient des notions et des enseignements, que les générations postérieures ont ensuite négligés, à cause du penchant naturel des hommes à préférer l'agréable à l'utile.

Il est du moins indubitable qu'après l'époque de Pisistrate et de Solon, époque à laquelle,

dit on, les poëmes homériques furent réunis et
coordonnés, la Grèce ne comprenait plus le
plan stratégique de l'*Iliade*, et que, malgré son
culte pour Homère, elle ignorait tout le travail
qu'a dû faire ce grand génie afin que, dans
son œuvre, la poésie ne portât point atteinte
à la vérité historique, en ce qui concerne le
récit des exploits des Grecs dans la plaine
troyenne. Comme preuve de mon assertion,
j'indiquerai les divisions arbitraires qu'on a
imposées à l'*Iliade*, les titres de ces divisions
et enfin la place erronée qu'occupe dans le
Catalogue le corps de Protésilas [1].

Ni Strabon, ce grand admirateur d'Homère,

1. D'après les mouvements des combattants, la troupe et
les navires de Protésilas devraient être à côté de ceux d'Ajax
le Locrien, à l'aile droite du camp grec, tandis que, dans
le *Catalogue*, ils sont placés après le corps de l'Argos pélasgique, à l'aile gauche. J'ai été pourtant surpris de voir dans
l'édition Villoison (*Scholia Veneta*) une explication du
681e vers de la rhapsodie N, qui suppose que celui qui l'a
écrite avait bien compris que le corps de Protésilas était

ni les critiques avant lui, n'ont eu aucune idée de la disposition stratégique de l'*Iliade*, comme on peut s'en convaincre par ce qui est dit dans les *Géographiques* concernant le vers très-connu du *Catalogue* :

Στῆσε δ' ἄγων ἵν' Ἀθηναίων ἵσταντο φάλαγγες,

« Qu'il a placé près des phalanges des Athéniens. »

Alexandre de Macédoine et Napoléon Ier [1], tous les deux grands capitaines et juges compétents, ont deviné, pour ainsi dire, que l'*Iliade* avait été écrite par un homme auquel le métier de la guerre n'était pas étranger, et ils

à côté de celui des Locriens; voici le vers avec son explication :

« Ἔνθ' ἔσαν Αἴαντός τε νέες καὶ Πρωτεσιλάου,

> ἡ διπλῆ ὅτι τοῦ Λοκροῦ λέγει Αἴαντος· οὗτος γὰρ πλησίον ἐνεώλκει τοῦ Πρωτεσιλάου πρὸς τὰ περὶ τοῦ Ναυστάθμου. »

1. Note de Napoléon Ier sur le deuxième livre de l'*Énéide* : « Lorsqu'on lit l'*Iliade*, on sent à chaque instant qu'Homère a fait la guerre et n'a pas, comme le disent les commentateurs, passé sa vie dans les écoles de Chios. »

admiraient ses descriptions militaires; pourtant ils en méconnaissaient en grande partie la valeur ; car ils ignoraient la loi qui les régit et les lieux auxquels elles s'appliquent[1].

Mais avant d'aborder le sujet dont le développement sera l'objet de ce travail, je crois nécessaire de faire d'abord connaître au lecteur la division naturelle de l'*Iliade*, et les lieux qui servirent de théâtre aux actions militaires du poëme : le lecteur se trouvera ainsi détaché de l'ancienne division et progressivement initié au vrai plan de l'*Iliade*.

1. M. de Choiseul-Gouffier a aussi entrevu le véritable office du *Catalogue* ; mais, n'ayant pas bien compris certains passages de l'*Iliade* et ayant pris pour le Simoïs la principale rivière de la plaine de Troie, le Scamandre (*Menderé*), il est tombé dans une confusion dont il n'a pu sortir, malgré le zèle avec lequel il poursuivait ses laborieuses investigations. Dans la description des batailles, nous aurons de nouveau l'occasion de parler de ses opinions.

DIVISION NATURELLE DE L'ILIADE.

Je crois que ceux qui disent que l'*Iliade* est composée de deux ou de plusieurs poëmes cousus ensemble, doivent en grande partie leur erreur à la division existante. Faite pour la facilité des rhapsodes (*troubadours*) et du public qui les écoutait, elle interrompt la suite des événements, y met la confusion par les titres donnés à certains épisodes, et brise la plupart des liens qui s'étendent si artistiquement sur tout le poëme.

L'*Iliade*, considérée sous un point de vue général, se divise en trois grandes parties : le *Prologue*, l'*Action* et l'*Épilogue*. Dans le *Prologue*, qui se termine au 47ᵉ vers de la rhapsodie B, le poëte nous fait connaître le sujet de son ouvrage ; par l'*Action*, ou le poëme proprement dit, qui commence au 48ᵉ vers de la rhapsodie B, et finit avec la mort d'Hector, au 394e vers de la rhapsodie X, nous apprenons les conséquences de la colère d'Achille, c'est-à-dire le courage des Troyens ranimé; les perplexités des Grecs, la mort de Patrocle et enfin celle d'Hector. Le reste du poëme, l'*Épilogue*, contient la description des funérailles de Patrocle et de celles d'Hector.

Mais si nous analysons l'*Action*, nous y voyons la description détaillée de quatre batailles[1] et par conséquent nous trouvons que le poëme se partage en six divisions naturelles et distinctes.

PREMIÈRE DIVISION OU PROLOGUE

Finissant au 47e vers de la rhapsodie B.

Le poëte, nous l'avons déjà dit, commence par nous faire connaître le sujet de son ou-

---

1. Ici et dans la suite, nous entendons par *batailles* tous les combats livrés dans chacune des quatre journées.

vrage : Achille et Agamemnon se querellent;
Achille s'irrite, se retire sous ses tentes et
s'abstient des combats. L'espace chronolo-
gique contenu dans le prologue est de vingt
jours, depuis l'arrivée de Chrysès au camp
grec, jusqu'au jour du retour de Jupiter à
l'Olympe. C'est pendant la nuit du vingtième
jour que le songe est envoyé à Agamemnon.

SECONDE DIVISION

Commençant au 48ᵉ vers de la rhapsodie B :
« Ἠὼς μέν ῥα θεὰ προσεβήσατο μακρὸν Ὄλυμπον, »
et finissant au 482ᵉ vers de la rhapsodie H :
« Κοιμήσαντ' ἄρ' ἔπειτα καὶ ὕπνου δῶρον ἕλοντο. »

Ici commencent les actions militaires de
l'*Iliade*. Les Grecs, après le stratagème (le songe)
employé par Agamemnon pour s'assurer de la
disposition de l'armée, se préparent à marcher contre la ville d'Ilion. Le poëte nous décrit les nations belligérantes. Les Grecs ren-

contrent les Troyens sous la ville ; combat
singulier d'Alexandre et de Ménélas ; Alexandre est vaincu, mais les Troyens violent le ser-
ment prononcé, et le combat commence. Cependant, par l'entremise de Minerve et d'Apollon, on convient d'une trêve et d'un combat
singulier entre Hector et Ajax le Télamonien ;
les deux héros luttent avec une égale ardeur
jusqu'au soir, et se séparent après des compli-
ments mutuels. Les Troyens retournent à la
ville, les Grecs à leur camp ; les uns et les autres tiennent conseil le soir. A l'aube du jour
suivant, Idée vient au camp grec, porteur de
propositions de paix et demandant une trêve
pour ensevelir les soldats morts dans le combat
de la veille. Les Grecs repoussent les propositions de paix, mais ils consentent à la trêve
d'un jour, et les morts sont immédiatement
enlevés et ensevelis.

Les Grecs, après la sépulture des leurs, em-

ploient le reste de la journée à construire devant leur camp une muraille, et à creuser un
fossé. Par conséquent, dans cette seconde division deux jours sont compris, le premier jour
des hostilités (après la colère d'Achille), et le
jour suivant, qui est un jour de trêve.

TROISIÈME DIVISION

Commençant au 1ᵉʳ vers de la rhapsodie Θ :

« Ἠὼς μὲν κροκόπεπλος ἐκίδνατο πᾶσαν ἐπ' αἶαν, »

et finissant au dernier de la rhapsodie K :

« Πλείου ἀφυσσάμενοι λεῖβον μελιηδέα οἶνον. »

Le lendemain du jour de la trêve, les deux
armées ennemies se préparent de nouveau et
marchent l'une contre l'autre. Jusqu'à midi, le
résultat du combat reste indécis[1]; mais ensuite les Troyens l'emportent sur les Grecs et
les poussent jusqu'au fossé; heureusement la

1. *Il.*, Θ, 1, 68.

nuit vient et les sauve de plus grands désastres. Les Troyens passent la nuit dans la plaine, entre le Scamandre et le camp grec[1]. Les Grecs, effrayés pendant cette nuit, envoient l'ambassade à Achille, et mettent une forte garde entre la muraille et le fossé; Diomède et Ulysse explorent le camp ennemi, tuent Dolon qui venait vers le camp grec, et, continuant d'avancer, tuent Rhessus, prennent ses chevaux et retournent à leur camp.

Cette division contient l'espace d'un jour.

QUATRIÈME DIVISION

Commençant au 1er vers de la rhapsodie Λ :

« Ἠὼς δ' ἐκ λεχέων παρ' ἀγαυοῦ Τιθωνοῖο, »

et finissant au 617e vers de la rhapsodie Σ :

« Τεύχεα μαρμαίροντα παρ' Ἡφαίστοιο φέρουσα. »

L'ambassade envoyée à Achille ayant manqué son but, les Grecs ne perdent pas courage,

1. *Il.*, Θ, 560-561.

mais dès l'aurore du jour suivant ils marchent
contre les Troyens ; Agamemnon repousse l'ennemi jusqu'aux murs de la ville, mais, ayant
été blessé, il se retire aux navires ; les Troyens
repoussent à leur tour les Grecs jusqu'à leur
camp, traversent le fossé, jettent bas une partie de la muraille, et combattent devant les navires. Ajax le Télamonien blesse Hector, et les
Grecs respirent pour un peu de temps ; mais
Hector revient et pousse de nouveau les Grecs
jusqu'aux navires [1] ; Ajax résiste vaillamment,
mais son javelot se brise. Les Troyens mettent
le feu au navire de Protésilas [2].

A l'aspect de la fumée, Achille, impatient de
colère, envoie au combat Patrocle et les Myrmidons. Patrocle arrive et repousse les Troyens
jusqu'à la ville, après avoir tué Sarpédon et
plusieurs autres, mais enfin il est tué lui-même

1. *Il.*, o, 718.
2. *Il.*, n, 122.

par Hector. Un combat terrible s'engage sur le corps de Patrocle, que les Grecs cherchent à emporter à leur camp. Achille, ayant appris cette funeste nouvelle, court sans armes au fossé, et sa voix seule éloigne l'ennemi[1]; le mort est porté aux tentes d'Achille, le soleil se couche, la bataille cesse[2].

Dans cette division, le poëte nous raconte la plus importante journée de l'*Iliade;* la description de la bataille qui remplit tout entière cette journée, occupe (du 1er vers de la rhapsodie A au 242e vers de la rhapsodie Z) 5,294 vers, c'est-à-dire plus du tiers de l'*Iliade,* qui en contient 15,693.

Cette bataille est digne d'admiration à cause de la suite de tant de mouvements militaires et de leur accord avec l'ordonnance du camp grec, indiquée dans le *Catalogue,* et avec

1. *Il.,* Ξ, 217-229.
2. *Il.,* Ξ, 241-242.

la topographie de la plaine troyenne [1]. C'est surtout par l'examen attentif de cette bataille qu'on reconnaît les défauts de la division et des titres appliqués au poëme, et qu'on acquiert la certitude que l'*Iliade* ne fut pas composée pour être récitée par morceaux; car sept heures au moins sont nécessaires pour la récitation de 5,294 vers, et certes ni la voix du poëte, s'il eût voulu raconter cette bataille, n'eût pu suffire à un pareil effort, ni l'attention de l'auditoire n'eût pu suffire à comprendre toutes les péripéties et les mouvements stratégiques du combat; elle n'eût pu ni juger l'exactitude des détails ni apprécier la grandeur de l'ensemble.

M. Gladstone, parlant, je crois, de Shakespeare, qui fait coucher le soleil à l'est de la Grande-Bretagne, dit que l'erreur aurait été

1. Voyez la description détaillée de la troisième bataille.

corrigée, si l'auteur eût récité son ouvrage comme faisait Homère. J'admets volontiers que l'auditeur de l'*Iliade* morcelée aurait pu corriger une erreur topographique ou historique ; il n'aurait pu juger des harmonies et des liens généraux du poëme. Mais revenons à notre sujet.

Achille, avons-nous dit, accourut vers le fossé et dégagea le corps de Patrocle ; le soleil s'étant couché, la bataille cessa [1]. Le reste de la rhapsodie Σ décrit l'assemblée nocturne des Troyens, les lamentations d'Achille et enfin la panoplie que Vulcain fabriqua pour Achille.

CINQUIÈME DIVISION

Commençant au 1er vers de la rhapsodie Τ :

« Ἠὼς μὲν κροκόπεπλος ἀπ' Ὠκεανοῖο ῥοάων, »

et finissant au 108e vers de la rhapsodie Ψ :

« Ὣς φάτο· τοῖσι δὲ πᾶσιν ὑφ' ἵμερον ὦρσε γόοιο. »

1. *Il.*, Σ, 242-243.

L'aurore reparaît, Thétis apporte à Achille la panoplie; le héros convoque les Grecs en *agora* et leur annonce l'apaisement de sa colère : les soldats s'arment et marchent contre les Troyens. Achille repousse les Troyens et les poursuit jusqu'au passage du Scamandre; le fleuve se lève contre Achille; Vulcain dompte le Scamandre, les Troyens fuient et se renferment dans leur ville. Hector seul, resté hors des portes, est tué par Achille et cruellement traîné jusqu'au camp grec. Achille, toujours accablé de douleur, refuse le bain qu'on lui offre ; ici (au 58e vers de la rhapsodie Ψ) finit la journée contenue dans la cinquième division. Les autres vers, jusqu'au 109e, décrivent les lamentations d'Achille pendant la nuit sur le corps de Patrocle.

SIXIÈME ET DERNIÈRE DIVISION.

Le reste du poëme est, pour ainsi dire, l'épilogue. Dès l'aurore du jour suivant, on ramasse du bois, et on prépare le bûcher qui, pendant toute la journée et la nuit suivante, brûle pour consumer le corps de Patrocle [1]. Le lendemain matin, le bûcher est éteint et les os de Patrocle sont ramassés.

Achille célèbre des jeux en l'honneur de l'ami qu'il a perdu ; après les jeux, l'armée se disperse et se repose [2]. Priam vient pendant la nuit chez Achille, reçoit le corps de son fils, qui, ramené à Troie, est pleuré et enseveli.

L'épilogue contient l'espace de vingt-cinq jours.

1. *Il.*, ψ, 110-225.
2. *Il.*, ω, 1-3.

CHAPITRE II.

A droite, en entrant dans l'Hellespont, se
trouve le promontoire Sigée, au sommet duquel est une ville du même nom[1]. Escarpé du
côté de la mer Égée, il descend par une pente
rapide vers l'Hellespont et se termine à la rive
gauche du Scamandre, près de son embou-

1. Ce promontoire et la ville toute grecque s'appellent
Ienissari en turc.

chure[1]. De là, côtoyant l'Hellespont, nous trouvons une plage basse et unie s'étendant jusqu'au promontoire Rhœtée[2], qui, beaucoup
plus modeste que le cap Sigée, est surmonté
d'un *tumulus* attribué à Ajax[3]. Ladite plage
s'étend dans l'intérieur du pays et s'unit à une
plaine, limitée d'un côté par l'Hellespont, de
l'autre par le mont Ida et latéralement par
des collines.

La conformation de cette plaine, la nature
du terrain, l'eau salée des puits, l'efflorescence
du sol, les plantes et les eaux stagnantes près

1. Il sera bientôt démontré que cette rivière, appelée
Menderé en turc, est le Scamandre homérique. La plupart
des archéologues, par une étrange méprise, la prennent
pour le Simoïs.

2. Près du cap Rhœtée se trouve un petit cours d'eau ou
plutôt un fossé, qui conduit à l'Hellespont les eaux qui suin-
tent des collines voisines; les Turcs l'appellent *Halilé* ou
Thumbrec. Nous ne l'indiquons pas sur notre carte, car il
n'a rien à faire avec l'*Iliade*.

3. C'est ce *tumulus* que Strabon appelle « Αἰάντειον; » les
Turcs lui donnent le nom de *In-tépé*.

de l'Hellespont, tout, en un mot, indique qu'autrefois la mer couvrait cette plaine et formait un golfe comblé peu à peu par les rivières qui s'y jettent et surtout par le Scamandre.

De cette plage, limitée par les deux promontoires Sigée et Rhœtée, si nous jetons nos regards vers le nord et l'ouest, nous voyons les montagnes de Thrace, les îles d'Imbros, de Samothrace, de Ténédos, de Lemnos et plus loin le mont Athos.

Nous tournant ensuite vers l'Ida et parcourant la plaine voisine, jusqu'à l'extrémité sud-ouest où jaillissent deux sources[1], nous ne tarderons pas à reconnaître, même à l'inspection la plus rapide, qu'ici est le théâtre des événements racontés dans l'*Iliade*. Mais, pour confirmer cette première im-

1. Avant d'arriver à ces deux sources, on en rencontre plusieurs autres un peu plus bas, qui sortent toutes des collines occidentales de la plaine.

pression, je vais décrire séparément chacun des points principaux que nous allons rencontrer en partant de l'Hellespont.

DU PORT OU NAUSTATHME.

Les navires des Achéens, s'étant réunis en Aulide, font voile vers la Troade :

. . . . . . « Ἐς Αὐλίδα νῆες Ἀχαιῶν
« Ἠγερέθοντο, κακὰ Πριάμῳ καὶ Τρωσὶ φέρουσαι[1]. »

Pour des motifs que nous ne connaissons pas, la flotte grecque s'arrêta quelque temps à Lemnos[2]. De Lemnos les Grecs voguèrent vers l'Hellespont, y entrèrent et mouillèrent à droite, entre l'embouchure du Scamandre et le cap Rhœtée, tirèrent leurs navires sur la plage et formèrent leur camp. Presque tout le monde aujourd'hui s'accorde à dire que c'est dans ce

1. *Il.*, B, 304-305.
2. *Il.*, B, 721-722 et Θ, 229-232.

mouillage que la flotte grecque fit halte ; mais, pour enlever toute trace d'incertitude, il me paraît nécessaire de faire aussi connaître les témoignages du poëte.

Homère, décrivant la manière dont les navires furent disposés sur la plage, dit que, quoique le rivage entre les deux promontoires fût large, il ne put pas contenir sur une seule ligne tous les navires, mais qu'on fut obligé de les placer en échelons et d'en former plusieurs lignes :

« Οὐδὲ γὰρ οὐδ᾽, εὐρύς περ ἐών, ἐδυνήσατο πάσας
« Αἰγιαλὸς νῆας χαδέειν, στείνοντο δὲ λαοὶ.
« Τῷ ῥα προκρόσσας ἔρυσαν, καὶ πλῆσαν ἁπάσης
« Ἠϊόνος στόμα μακρὸν, ὅσον συνεέργαθον ἄκραι[1]. »

Donc Homère indique avec plus de sûreté le mouillage que je dis être situé entre l'embouchure du Scamandre et le cap Rhœtée, en disant qu'il est entre deux promontoires (Sigée

1. *Il.*, Ξ, 33-36.

et Rhœtée); car, quoique l'embouchure du fleuve[1] à l'époque de la guerre de Troie fût dans la même direction qu'aujourd'hui[2], les promontoires sont toujours des signes plus sûrs que les rivières, dont le lit change souvent de place par l'action de la nature ou par celle des hommes. De plus, Homère dit que la plage sur laquelle furent placés les navires des Achéens, était sur l'Hellespont. « Ranime la vigueur d'Hector, dit Jupiter à Apollon, jusqu'à ce que les Achéens, en fuyant, arrivent à leurs navires et à l'Hellespont. »

« Τόφρα γὰρ οὖν οἱ ἔγειρε μένος μέγα, ὄφρ' ἂν Ἀχαιοὶ
« Φεύγοντες νῆάς τε καὶ Ἑλλήσποντον ἵκωνται[3]. »

1. Dans la suite, par le mot fleuve ou rivière employé isolément, nous entendrons toujours le Scamandre.

2. Voyez plus bas la description du Scamandre.

3. *Il.*, O, 232-233; voyez aussi I, 359-361 et Σ, 148-150. L'Hellespont se dit dans l'*Iliade* ἀγάρροος, « au courant fort, » à cause de son cours violent de l'Euxin à l'Égée; aussi πλατύς, « large, » ou parce qu'il était plus large en face du Naustathme que plus bas, ou parce que le poëte le compare à un fleuve. Ceux qui disent que les vaisseaux grecs mouil-

Elle bordait une plaine praticable aux chars :

« Ὣς τῶν ἔθνεα πολλὰ νεῶν ἄπο καὶ κλισιάων
« Ἐς πεδίον προχέοντο Σκαμάνδριον· αὐτὰρ ὑπὸ χθὼν
« Σμερδαλέον κονάβιζε ποδῶν αὐτῶν τε καὶ ἵππων [1]. »

Enfin cette plage est déterminée par les points cardinaux du ciel : Hector et les Troyens, pendant la troisième bataille, avancent triomphant, jusqu'au fossé du camp grec ; ils allaient le traverser quand Polydamas les arrête à cause de l'*augure* qui paraît à leur gauche ; Hector s'irrite contre Polydamas, méprise l'augure et traverse le fossé en disant « qu'il lui

---

lèrent hors de l'Hellespont, en face de l'île de Ténédos ou ailleurs, n'ont pas arrêté leur attention aux paroles qu'Achille adresse à Ulysse, en le menaçant de s'en aller à Phthie : « Demain matin, de très-bonne heure, tu verras, si tu désires, mes vaisseaux sillonner l'Hellespont poissonneux. »

« Ὄψεαι, ἢν ἐθέλῃσθα, καὶ αἴ κέν τοι τὰ μεμήλῃ,
« Ἦρι μάλ' Ἑλλήσποντον ἐπ' ἰχθυόεντα πλεούσας·
« Νῆας ἐμάς, ἐν δ' ἄνδρας ἐρεσσέμεναι μεμαῶτας. »

Il., 1, 359-361.

1. *Il.*, B, 464-466.

importait peu que les oiseaux allassent *à la droite vers l'est*, ou *à la gauche vers l'ouest*. »

« Τῶν οὔτι μετατρέπομ' οὐδ' ἀλεγίζω,
« Εἴτ' ἐπὶ δεξί' ἴωσι πρὸς Ἠῶ τ' Ἠέλιόν τε,
« Εἴτ' ἐπ' ἀριστερὰ τοίγε ποτὶ ζόφον ἠερόεντα[1]. »

Ces expressions nous donnent à comprendre qu'Hector, étant devant le fossé, regardait vers le nord et avait par conséquent à sa droite l'est et à sa gauche l'ouest; et puisque le fossé était parallèle au rivage, il s'ensuit que celui qui, à travers la plaine, descendait au Naustathme, avait le nord en face. Si, après tout ce que nous venons de dire, nous parcourons la côte depuis Alexandria Troas jusqu'à Abydos, nous voyons clairement que les détails caractéristiques de l'*Iliade* sont uniquement applicables à la plage située entre Sigée et Rhœtée. Elle est, en effet, sur l'Helles-

1. *Il.*, м, 238-240. Voyez notre carte : ces vers y sont écrits en rouge, devant le fossé, du côté de la plaine, à M'.

pont, entre deux promontoires, tournée vers le nord et contiguë à une plaine unie, carrossable et profonde.

La largeur de cette plage, de la rive droite du Scamandre au cap Rhœtée, est d'environ trois mille deux cents mètres; elle a dû être exactement la même à l'époque de la guerre de Troie. Quant à la profondeur, c'est-à-dire quant au point jusqu'où la mer s'avançait dans la plaine à cette époque, je laisse à la stratégie et à la géologie le soin de prononcer : elles trouveront peut-être dans les descriptions homériques des indices suffisants.

Quiconque a visité la Troade reconnaît immédiatement que toute la plaine troyenne jusqu'au pied de l'Ida était jadis un golfe rempli peu à peu par les rivières qui s'y jettent[1]. Strabon calcule que depuis la guerre de Troie jus-

1. Hérodote compare très à-propos la plaine de l'Égypte à la plaine troyenne. *Hérod.*, liv. ii, chap. 10.

qu'à son époque l'alluvion s'est étendue de six
stades, ce qui fait environ un mètre par an[1].

Peut-être, avant que le golfe fût comblé
jusqu'à l'Hellespont, l'atterrissement se faisait-
il d'une manière égale et régulière, mais à
présent que « la bouche du rivage »[2] est
presque remplie, l'atterrissement devient très-
faible, et même il devra s'arrêter tout à fait, à
cause du cours violent de l'Hellespont, quand
du Rhœtée au Sigée la plage formera une ligne
droite. Quoi qu'il en soit, on ne dépasse pas les
limites du probable en supposant l'atterrissement de 3,000 mètres depuis la guerre de Troie
jusqu'aujourd'hui.

DE LA PLAINE TROYENNE.

Après avoir reconnu le port où les navires
des Achéens abordèrent, parcourons, en par-

1. Strabon, *Géograph.*, liv. ii, § 36.
2. Ainsi le poëte appelle le port « στόμα πιόνος. » *Il.*, Ξ, 36.

tant du rivage la plaine qui de là, nous l'avons
dit, s'étend jusqu'au pied de l'Ida. En avançant, nous avons à notre droite les collines de
Sigée et le Scamandre, qui, dans son cours à
travers la plaine, et en s'approchant de l'Hellespont, change peu à peu de direction, passe
près des collines de Sigée et débouche tout à
fait à la pointe du promontoire[1] ; à notre
gauche nous avons le cap Rhœtée et plus loin
les collines de Callicolonne, sur lesquelles on
voit quelques ruines du nouvel Ilion. En avançant toujours, nous rencontrons à droite un
terrain bas à travers lequel passe le canal,
moitié naturel, moitié artificiel, qui conduit à
la mer Égée l'eau de plusieurs sources situées

1. A côté de la forteresse *Coumcalé*. Au-delà de la rive
gauche du Scamandre, vers les parties basses du promontoire, on voit trois *tumuli*, dont l'un s'appelle le tombeau
d'Achille, l'autre de Patrocle, et le troisième d'Antiloque ou
de Festus. Ces trois *tumuli* n'ont rien à faire, selon moi,
avec l'*Iliade* ; j'en donnerai les raisons quand nous parlerons
des *tumuli*.

plus haut; au delà, après avoir traversé le Scamandre [1], nous trouvons des terres maréca-
geuses, le cours d'eau dont une partie entre
dans le canal et le majestueux *tumulus* d'Æ-
syétés [2]; plus loin, l'eau limpide de plusieurs
sources qui sortent pour ainsi dire de la racine
des collines, et enfin au fond de la plaine, toujours vers notre droite, deux sources peu dis-
tantes l'une de l'autre; elles sortent comme les
autres de la base des collines qui limitent la
partie supérieure de la plaine troyenne vers
l'ouest; près d'elles on voit quelques morceaux
de marbres et des pierres grisâtres creusées, qui
servent de lavoirs aux femmes du village turc
de *Bounarbachi* [3]. Pendant l'été, l'eau de ces deux

1. Il est clair qu'après avoir traversé le Scamandre vers
le milieu de la plaine, là où il coule parallèlement à l'Hellespont, nous avons son cours à notre gauche.

2. Ce *tumulus* s'appelle en turc *Oujek-tépé*. Quelques-
uns le prennent pour le tombeau d'Ilus.

3. *Bounarbachi* (source principale) doit son nom aux
Deux Sources, près desquelles il est situé.

sources est très-fraîche; l'hiver, au contraire, quand il fait très-froid, elles sont couvertes d'une vapeur comme si l'eau bouillait. Par leur position, nous reconnaissons que ce sont les deux sources près desquelles Hector fut tué par Achille[1].

Si d'ici nous avançons encore un peu vers les collines qui s'élèvent vers le sud-est, nous nous trouvons dans l'enceinte du glorieux mais malheureux Ilion. Arrivés au sommet de ces collines, là où se trouvent trois *tumuli*, tournons-nous vers la plaine que nous venons

---

1. Je n'insiste pas sur la différence de température dont parle le poëte, et que plusieurs voyageurs modernes ont constatée, quoique à des degrés différents. On sait qu'un tremblement de terre, une petite déviation dans la direction souterraine de l'eau, peut changer complétement la nature d'une source. Ce qui est incontestable pourtant, c'est que, pendant les grands froids une vapeur, une fumée les entoure, et que pendant l'été leur eau est très-fraîche. Cela ne serait-il pas, la relation des autres points topographiques suffirait à prouver que nous avons bien devant nous les Deux Sources de l'*Iliade*.

de parcourir. Elle s'étend devant nous basse et unie comme une mer depuis le pied des collines sur lesquelles nous sommes jusqu'à l'Hellespont; les ormeaux et les saules qui croissent sur les bords du Scamandre nous indiquent le lit sinueux du fleuve et rompent la monotonie du tableau[1]. Au bas des mêmes collines où nous nous trouvons, au delà de la rive droite du Scamandre, nous distinguons un terrain nu et sablonneux, qui nous fait présumer que ce fleuve en débouchant dans la plaine coulait autrefois plus vers l'est; du même côté, mais plus bas, nous voyons l'embouchure d'une petite rivière qui, venant de l'est à l'ouest, se jette presque perpendiculairement dans le Scamandre. C'est le Simoïs

---

1. Les mêmes arbres et les mêmes plantes de l'époque d'Homère croissent encore aujourd'hui en Troade : les roseaux de marais, les tamaris, les ormeaux, les saules, le céleri sauvage, dans la plaine; le crocus, le chêne, les sapins, sur les collines et sur les hauteurs de l'Ida.

d'Homère[1]. Au delà du Simoïs s'étendent les collines de Callicolonne et enfin le promontoire de Rhœtée. A notre gauche, nous voyons d'abord les collines escarpées d'où jaillissent les sources dont nous avons parlé ; plus bas, le grandiose *tumulus* d'Æsyétès, et plus loin les collines de Sigée, qui finissent également à l'Hellespont. En face de nous, dans la mer Égée, nous distinguons la plane Imbros ; au delà, le haut sommet de Samothrace, d'où Neptune admirait les combats livrés dans la plaine troyenne[2] ; Ténédos et Lemnos, qui nous rappellent le voyage de Neptune de Samothrace au camp grec[3], et celui de Junon de l'Olympe au sommet du mont Ida[4].

La longueur de cette plaine, dite troyenne,

1. Voyez plus bas la description du Simoïs.
2. *Il.*, N, 11-14. Le mont Ida, Ilion, le camp grec et l'île de Samothrace se trouvent sur une ligne droite.
3. *Il.*, N, 32-38.
4. *Il.*, E, 225-293.

probablement de Tros[1], scamandrienne[2], du Scamandre qui la traverse, et ilienne, vers le haut[3], du nom de la ville, ou du nom d'Ilus son fondateur, dont le tombeau était dans la partie supérieure; la longueur, dis-je, de cette plaine, depuis les Deux Sources jusqu'à l'Hellespont, est de 13 kilomètres environ. En ôtant de ce nombre les 3,000 mètres que nous avons supposés conquis sur la mer depuis la guerre de Troie, nous trouvons qu'elle n'était alors que de 10,000 mètres environ.

ILION.

Après l'examen de la plaine et la détermination des Deux Sources, la position d'Ilion devient évidente d'elle-même. Entre les Deux Sources et l'enceinte de la ville était la route par laquelle Hector fuyait, laissant derrière lui

1. *Il.*, K, 11.
2. *Il.*, B, 465.
3. *Il.*, Φ, 558.

les portes Scées. On sait qu'Achille, ayant
repoussé les Troyens jusqu'à la ville d'Ilion,
fut trompé par Apollon et se dirigea vers le
Scamandre, espérant prendre Agénor qui s'é-
chappait de ce côté[1]. Achille, ayant enfin
reconnu que c'était Apollon qu'il poursuivait,
se plaint à lui et se tourne vers la ville : « Tu
« m'as fait beaucoup de mal, ô le plus cruel
« de tous les dieux, en me détournant vers
« ce côté-ci, loin des remparts ; combien de
« guerriers encore auraient mordu la pous-
« sière, avant de rentrer dans Ilion!... Ainsi
« dit, il s'élance vers la ville. »

« Ἔϐλαψάς μ᾽, Ἑκάεργε, θεῶν ὀλοώτατε πάντων,
« Ἐνθάδε νῦν τρέψας ἀπὸ τείχεος· ἦ κ᾽ ἔτι πολλοὶ
« Γαῖαν ὀδὰξ εἷλον, πρὶν Ἴλιον εἰσαφικέσθαι.

. . . .

« Ὣς εἰπὼν, προτὶ ἄστυ μέγα φρονέων ἐϐεϐήκει[2]. »

1. *Il.*, Φ, 600-603. Voyez notre carte ; la ligne TT' indique
le changement de direction d'Achille vers le Scamandre.
2. *Il.*, X, 15-21. Ce retour d'Achille vers la ville est indiqué sur notre carte par la ligne T'T''.

En même temps, Hector, étant resté seul hors des murs, se trouvait devant les portes Scées, pensant à ce qu'il devrait faire; mais ayant vu Achille s'approcher, il laisse derrière lui les portes et fuit vers les Deux Sources. « Tandis qu'Hector, immobile, roule ces pen-
« sées dans son esprit, Achille arrive près de
« lui...

« Hector, saisi de crainte, n'ose plus l'at-
« tendre, mais, laissant derrière lui les portes,
« il s'enfuit; le fils de Pélée, confiant dans ses
« pieds agiles, s'élance sur ses pas....... Ainsi
« les deux héros arrivent aux fontaines d'où
« jaillissent deux sources du tournoyant Sca-
« mandre. »

« Ὣς ὥρμαινε μένων· ὁ δέ οἱ σχεδὸν ἦλθεν Ἀχιλλεύς.

. . . .

« Ἕκτορα δ᾽, ὡς ἐνόησεν, ἕλε τρόμος· οὐδ᾽ ἄρ᾽ ἔτ᾽ ἔτλη
« Αὖθι μένειν, ὀπίσω δὲ πύλας λίπε, βῆ δὲ φοβηθείς.
« Πηλείδης δ᾽ ἐπόρουσε, ποσὶ κραιπνοῖσι πεποιθώς.

. . . . , ... , .

« Κρουνὼ δ' ἵκανον καλλιρρόω, ἔνθα δὲ πηγαὶ
« Δοιαὶ ἀναΐσσουσι Σκαμάνδρου δινήεντος [1]. »

Cette description frappante nous fait voir que celui qui, étant près de la ville, partait du Scamandre et s'acheminait, sous les murs, vers les Deux Sources, rencontrait, avant d'y arriver, les portes Scées [2]; et que les deux héros couraient le visage tourné vers l'ouest, au moins jusqu'aux Deux Sources; ayant à leur gauche les murs de la ville et à leur droite la plaine troyenne et les Deux Sources. En continuant leur course, ils ont dû se tourner peu à peu vers le sud et avoir à leur

1. *Il.*, X, 131-148. On peut suivre sur notre carte la marche des deux héros; elle est indiquée par la ligne qui commence à T'' et arrive aux Deux Sources. En face de T'', où nous plaçons le hêtre, étaient probablement situées les portes Scées.

2. Par conséquent, ceux qui, comme MM. Mauduit, de Choiseul et d'autres, placent les portes Scées au delà des Deux Sources, au sud-ouest, se trompent; leur erreur provient de ce qu'ils ont pris pour le Scamandre le cours d'eau des Sources.

droite les collines escarpées d'où sortent les
Deux Sources, à leur gauche la ville et Pergame ou l'Acropolis[1] ; de là, se dirigeant vers
l'est et ayant à leur droite le précipice au
fond duquel se jette le Scamandre et à leur
gauche Pergame[2], ils ont tourné peu à peu
vers l'ouest, et enfin sont revenus aux Deux
Sources, ayant à leur droite le Scamandre,
la colline de Batiia et la plaine, à leur gauche
toujours la ville. Selon Homère, Hector et

1. Sur notre carte, nous indiquons la direction que les
deux héros ont dû prendre après avoir laissé derrière eux
les Deux Sources; le terrain, depuis les Deux Sources
jusqu'au pied de Pergame, peut être parcouru aujourd'hui
même en chariot. Je crois que c'est cette partie de l'enceinte qu'Andromaque indique à son mari comme plus facilement accessible : « Range l'armée près du figuier sau-
« vage, d'où l'on peut surtout pénétrer dans la ville, et où le
« mur est attaquable. »

    « Λαὸν δὲ στῆσον παρ' ἐρινεὸν, ἔνθα μάλιστα
    « Ἀμβατός ἐστι πόλις, καὶ ἐπίδρομον ἔπλετο τεῖχος. »

                                    Il., Z, 433-434.

2. On reconnaît facilement que cette partie de Pergame a
été modifiée par des révolutions terrestres, et que les ro-

Achille firent trois fois le tour de la ville en courant :

« Ὃς τὼ τρὶς Πριάμοιο πόλιν περιδινηθήτην
« Καρπαλίμοισι πόδεσσι [1]. » . . . .

et

. . . . . « Νῦν αὖτέ ἑ δῖος Ἀχιλλεὺς
« Ἄστυ πέρι Πριάμοιο ποσὶν ταχέεσσι διώκει [2]. »

Ces deux phrases sont claires et n'admettent aucune autre explication que celle d'une course à pied autour de la ville d'Ilion entière [3].

chers et les pierres qui s'étendent jusqu'au lit du fleuve avec une irrégularité imposante, ont été détachés et précipités d'en haut. C'est vers l'est de Pergame que M. Mauduit découvrit le premier des traces de murs. M. Hahn, consul général d'Autriche à l'île de Syra, vient tout récemment de publier les résultats des excavations qu'il a entreprises avec tant de zèle l'été dernier; non-seulement il a constaté l'existence des murs découverts par M. Mauduit, mais il en a retracé la continuation.

1. *Il.*, X, 165-166.
2. *Il.*, X, 172-173.
3. Voici l'explication de ces deux phrases dans la nouvelle traduction de M. Giguet (Paris, 1863) : « Aussi rapides, les

Plusieurs, voyant l'état actuel du côté sud-
est d'Ilion et peut-être aussi dominés par
l'opinion erronée que la ville de Priam était
entourée d'une voie carrossable, ont prétendu
que la course des deux héros eut lieu devant
la ville; explication que nous ne pouvons
admettre, non-seulement parce qu'elle est
grammaticalement inadmissible, mais aussi
parce que la description de cette scène nous
représente une partie du chemin que les deux
héros parcourent, après être arrivés aux Deux
Sources, comme inégale et accidentée. Le
poëte, effectivement, nous dit qu'Hector, ayant
laissé derrière lui les portes Scées, et Achille
qui le poursuivait, courent « en dehors et
sous les murs de la ville, sur la route carros-

deux guerriers passent et repassent trois fois devant la ville
de Priam. » « Maintenant le divin Achille le poursuit de
toute la vitesse de ses pieds devant la ville de Priam. » Tous
les arguments qu'on porte en faveur de cette explication
sont en contradiction avec l'esprit de la langue grecque.

sable, jusqu'à ce qu'ils soient arrivés aux Deux Sources. »

« Τείχεος αἰὲν ὑπὲκ κατ' ἀμαξιτὸν ἐσσεύοντο·
« Κρουνὼ δ' ἵκανον καλλιρρόω [1]. »   .   .   .

Mais ensuite, pour nous donner une idée exacte des lieux et nous faire comprendre que tout le chemin parcouru par eux n'était pas uni, il dit que « Achille aux pieds lestes pour- « suivait sans relâche Hector, et que, tel un « chien dans les montagnes poursuit à travers « les vallons et les halliers le faon qu'il a fait « lever de son gîte, et, s'il se blottit sous un « arbuste, suit ses traces en courant constam- « ment jusqu'à ce qu'il le retrouve, tel Hector « ne peut se soustraire aux regards du fils de « Pélée. »

« Ἕκτορα δ' ἀσπερχὲς κλονέων ἔφεπ' ὠκὺς Ἀχιλλεύς.
« Ὡς δ' ὅτε νεβρὸν ὄρεσφι κύων ἐλάφοιο δίηται,

1. *Il.*, X, 146-147.

« Ὄρσας ἐξ εὐνῆς, διά τ᾽ ἄγκεα καὶ διὰ βήσσας·
« Τὸν δ᾽ εἴπερ τε λάθῃσι καταπτήξας ὑπὸ θάμνῳ,
« Ἀλλά τ᾽ ἀνιχνεύων θέει ἔμπεδον, ὄφρα κεν εὕρῃ·
« Ὣς Ἕκτωρ οὐ λῆθε ποδώκεα Πηλείωνα [1]. »

Cela suffit pour nous faire voir que la route carrossable ne s'étendait sous les murs d'Ilion que du côté de la plaine, jusqu'aux Deux Sources.

J'ai mis à peu près une heure à parcourir d'un pas modéré le circuit que je viens de décrire, en partant des Deux Sources et suivant la direction indiquée sur ma carte; je crois qu'il ne doit pas dépasser de beaucoup 5.000 mètres [2]; des gens exercés à la course.

---

1. *Il.*, X, 188-193.

2. M. Hahn entend, comme nous, qu'Hector et Achille firent trois fois le tour de la ville, et évalue la longueur du circuit à 30 stades environ (5,400 mètres). Étant resté plusieurs jours sur les lieux et ayant tout examiné, il démontre non-seulement la possibilité de cette course autour d'Ilion, mais aussi la vérité de l'esquisse que le poëte nous donne du terrain.

comme l'ont été en tout temps les Grecs, pour-
raient le parcourir en moins d'une demi-
heure. Certainement il était très-fatigant de
faire ainsi trois fois le tour de la ville; mais,
comme l'observe le poëte, le prix de cette
course n'était pas un prix ordinaire : les deux
héros couraient pour la vie d'Hector :

« Ἀλλὰ περὶ ψυχῆς θέον Ἕκτορος ἱπποδάμοιο[1]. »

Nous voyons qu'Achille, fatigué de cette
poursuite inexorable, est dompté par un doux
sommeil le soir au milieu des Myrmidons.

. . . . . . « Μάλα γὰρ κάμε φαίδιμα γυῖα
« Ἕκτορ' ἐπαΐσσων προτὶ Ἴλιον ἠνεμόεσσαν[2]. »

L'Acropole (πόλις ἄκρη) ou Pergame cou-
ronnait la ville; elle était à Ilion ce que l'Acropole d'Athènes était à l'ancienne ville située
du côté de Phalère; on y montait de la ville

1. *Il.*, X, 161.
2. *Il.*, Ψ, 63-64.

facilement et en voiture[1] ; on y trouvait les temples d'Apollon et de Minerve[2], les palais de Priam, d'Hector et d'Alexandre[3]. Selon les calculs barométriques de M. Smith, directeur de l'observatoire d'Athènes, le point le plus élevé de Pergame est au-dessus du niveau de la mer de 155 mètres environ[4].

Toutes les épithètes qu'Homère donne à Ilion s'adaptent très-bien à ce site . il est situé au fond de la plaine, « ἐν πεδίῳ πεπολισμένη, » élevé, « αἰπεινή, » exposé aux vents, « ἠνεμόεσσα, » pittoresque, « ἐρατεινή. »

Deux autres situations dans la Troade ont cherché, mais en vain, à usurper la gloire de la ville de Priam : le *Pagus Iliensis*, « Κώμη Ἰλιέων, » au fond de la vallée du Scamandre, au

1. *Il.*, Ω, 322-327 et 717-721.
2. *Il.*, E, 446 et Z, 88.
3. *Il.*, Z, 317.
4. Telle est à peu près, je crois, l'élévation du Parthénon au-dessus du niveau de la mer.

delà de sa rive droite[1], et le Nouvel Ilion. Les
prétentions ridicules des habitants de cette
dernière ville, encouragées par les faveurs des
empereurs romains, ont été victorieusement
combattues par Alexandre de Skepsis et con-
damnées pour toujours[2]. La principale et invincible objection, c'est que le Nouvel Ilion
est trop près de l'Hellespont. L'emplacement
du *Pagus Iliensis* nous oblige de l'autre côté
ou à placer le Naustathme hors de l'Hellespont,
comme fit M. Ulrich, ou de changer le cours
de la rivière qui traverse la plaine troyenne
(le *Menderé*) et le faire déboucher vers le promontoire de Rhœtée. Contentons-nous pour le
moment de ces notions; ce serait une peine
inutile que de faire ici des recherches plus
minutieuses, car les mouvements des combat-

1. M. Ulrich place le *Pagus Iliensis* à *Eski Aktzékeui;*
d'autres plus bas, dans la vallée.
2. Voyez Strabon, *Géographiques.*

tants et la relation des autres points topographiques de la plaine avec l'Ilion d'Homère dé-
montreront jusqu'à l'évidence que la ville de
Priam était située sur les collines de *Bounarbachi*, ou, pour mieux dire, au delà d'une
ligne qui, s'élevant perpendiculaire sur la rive
gauche du Scamandre, et se dirigeant de l'est
à l'ouest, aboutirait aux Deux Sources.

DU SCAMANDRE.

Belle est vraiment la vue qu'on a devant
soi quand on est sur un des trois *tumuli* de
Pergame et qu'on regarde vers l'Ida; car
Pergame, les collines à droite et celles en face,
escarpées et quelquefois presque à pic, forment une large ouverture dans laquelle tombe
avec bruit un fleuve qui descend de l'Ida,
passe au pied de Pergame, entre dans la
plaine troyenne et roule ses eaux en serpen-

tant jusqu'à l'Hellespont. Si, en se tournant, on suit son cours dans la plaine, on y observe deux inflexions remarquables : la première devant Ilion, où le fleuve, abandonnant momentanément sa direction nord, coule quelque temps vers l'ouest, pour reprendre de nouveau son cours vers le nord[1] ; la seconde vers le milieu de la plaine, où il coule de nouveau dans la direction ouest, parallèlement à l'Hellespont, puis, prenant peu à peu la direction nord-ouest, s'approche des collines de Sigée, en baigne le pied et débouche dans l'Hellespont. Ce fleuve est le Scamandre d'Homère, car tous les caractères, toutes les épithètes que l'*Iliade* donne au Scamandre, s'appliquent à celui-ci et seulement à celui-ci[2]. Cependant

1. Nous avons dit, en parlant de la plaine troyenne, que, à cet endroit, le lit du fleuve avait dû être plus à l'est, laissant ainsi un plus grand espace entre la ville d'Ilion et son cours. Sur plusieurs cartes, cet ancien lit est indiqué.

2. Nous avons déjà dit que les Turcs l'appellent *Menderé,*

la plupart des archéologues croient et disent
que c'est le Simoïs; erreur inexplicable qui
enlève au poëme la plus importante de ses
qualités, l'unité, l'harmonie des actions avec
les lieux, en un mot la vérité. Aucun de ces
écrivains, à ce qu'il semble, n'est allé en
Troade sans idée préconçue ; même ceux qui
y sont restés plusieurs jours et ont examiné
toute chose de près, qui ont lu et relu,
comme ils disent, l'*Iliade* sur les lieux, même
ceux-là, ayant dans leur mémoire les idées
des Romains, firent très-peu d'attention au
texte du poëte; autrement, comment justifier leur erreur? comment justifier les Choiseul, les Lechevalier, les Mauduit, les Forchhammer[1], qui ont pris pour le Scamandre

mot qui a exactement le sens de Scamandre, à savoir : *excavation d'homme,* σκάμμα ἀνδρός.

1. Je vois avec plaisir que M. Hahn, après son dernier
voyage en Troade, abandonne les idées de ses prédécesseurs,
et croit que le *Menderé* est le Scamandre homérique; mais

ce ruisseau des Sources que nous avons rencontré en remontant la plaine, eau égale,
tranquille et presque toujours limpide, qui,
s'échappant du pied des collines, n'est pas
exposée à des crues subites causées par les
pluies, et ne charrie jamais ni gravier ni
troncs d'arbres? Comment, d'un autre côté,
ont-ils pris pour le Simoïs le fleuve qui est
devant nous, le plus grand, le plus large, le
principal fleuve de la plaine?

Dans l'*Iliade,* les combattants ne traversent
qu'une seule rivière, le Scamandre ou Xanthus,
décrite comme la plus grande, la plus importante de la plaine, se gonflant et débordant par
les pluies[1]; elle est appelée tournoyante,

cette croyance semble être chez lui simplement le résultat
de l'examen matériel de la plaine troyenne. En effet, s'il eût
appliqué les descriptions de l'*Iliade* aux localités, l'auteur
ne serait pas tombé dans une autre erreur, celle de prendre
pour le Simoïs ce même ruisseau des Sources, que Choiseul,
Lechevalier et Forchhammer ont cru être le Scamandre.

1. *Il.*, Φ, 234-384.

« βαθυδινήεις, » au cours profond, « βαθύῤῥους, » au
cours large, « εὐρυρέων, » grande, « μεγάλος, » au
cours beau, « εὔῤῥοος, » aux ondes tournoyantes
et argentées, « ἀργυροδίνης, » aux bords escarpés,
« κρημνώδεις ἔχων τὰς ὄχθας [1], » aux bords hauts,
« ὑψηλάς [2] » et plantés de saules et d'ormeaux [3];
caractères qui s'appliquent tous sans aucune
exception à la rivière qui est sous nos yeux.
Le Simoïs au contraire n'est mentionné que
six fois dans l'*Iliade*, sans aucune épithète et
n'est jamais traversé par les combattants; il
est représenté aussi comme une rivière torrentielle, mais de second ordre et tributaire
du Scamandre [4]. La largeur moyenne du Sca-

1. *Il.*, Φ, 25-26.
2. *Il.*, Φ, 171.
3. Φ, 350-352.
4. Le docteur P. Forchhammer, dans sa description topographique et physiographique de la plaine troyenne, prétend que même le nom de *Simoïs* s'applique très-juste-
ment au cours tortueux du *Menderé;* mais il ne nous dit pas
quelle est l'origine de ce nom. D'ou croit-il qu'il dérive ?

mandre est de quatre-vingts mètres; il ressemble beaucoup à la rivière de l'Arno, dans la plaine de Pise; avec cette différence, que les rives de cette dernière sont rehaussées artificiellement pour préserver la plaine de l'inondation, tandis que celles du Scamandre sont dans leur état naturel et au niveau de la plaine. Le sable, dans l'Arno et dans le Nil, est plus fin que dans le Scamandre, et par suite les eaux de ces fleuves sont toujours troubles; celles du Scamandre au contraire, troubles à l'époque des pluies, sont transparentes l'été, d'où l'épithète homérique « ἀργυροδίνης, » au cours argenté. A la saison des pluies, le lit du Scamandre se remplit et souvent il inonde une partie des champs; pendant l'été, son courant est peu considérable, mais il est très-rare qu'il soit complétement à sec.

Nous avons déjà fait observer que toute la plaine troyenne est un terrain d'alluvion,

composé de silex et d'humus[1] ; par une conséquence toute naturelle, le Scamandre, courant
avec impétuosité dans son lit tortueux, ronge
avec facilité tantôt la rive droite, tantôt la
rive gauche, et déracine les arbres qu'il rencontre ; les endroits ainsi rongés sont appelés
dans l'*Iliade* précipices, « κρημνοί. » La lance
d'Achille, ayant manqué de frapper Astéropée,
s'enfonce jusqu'au milieu de sa longueur dans
la berge haute et escarpée du fleuve, d'où le
héros péonien ne peut l'arracher :

« Δεύτερος αὖτ' Ἀχιλλεὺς μελίην ἰθυπτίωνα
« Ἀστεροπαίῳ ἐφῆκε, κατακτάμεναι μενεαίνων·
« Καὶ τοῦ μέν ῥ' ἀφάμαρτεν· ὁ δ' ὑψηλὴν βάλεν ὄχθην,
« Μεσσοπαλὲς δ' ἄρ' ἔθηκε κατ' ὄχθης μείλινον ἔγχος.
. . . . « Ὁ δ' ἄρα μελίην Ἀχιλῆος
« Οὐ δύνατ' ἐκ κρημνοῖο ἐρύσσαι χειρὶ παχείῃ[2]. »

Ces vers expliquent la nature des rives du

1 Encore aujourd'hui, comme aux temps d'Homère, la
charrue, en sillonnant les champs troyens, laisse derrière
elle de grosses mottes, « Τροίη ἐρίβωλος. »
2. *Il.*, Φ, 169-175.

Scamandre et en même temps la force du fils de Pélée. L'ormeau qui fut déraciné, à peine saisi par Achille, nous explique également la nature des rives du Scamandre :

. . . . « Ὁ δὲ πτελέην ἕλε χεροὶν
« Εὐφυέα, μεγάλην· ἡ δ᾽ ἐκ ῥιζῶν ἐριποῦσα,
« Κρημνὸν ἅπαντα διῶσεν[1]. » . . . .

Enfin je crois que le poëte ne se serait point permis d'appeler cette plaine *scamandrienne* si vraiment le Simoïs la traversait d'un bout à l'autre ; il aurait dû, une fois au moins, l'appeler *simoïsienne*.

Mais pour nous convaincre tout à fait que ce fleuve est le Scamandre d'Homère et qu'il n'a presque pas changé de direction, examinons quelques mouvements des combattants. Dans l'*Iliade*, ceux qui, du rivage sur lequel les Grecs étaient campés, viennent à Ilion et ceux qui d'Ilion descendent à ce même rivage,

1. *Il.*, Φ, 242-244.

traversent toujours le Scamandre; Hector, blessé dans le combat devant les navires, est mis sur un char et conduit vers la ville; arrivés au passage du fleuve, ses amis le descendent du char et jettent de l'eau fraîche sur lui :

« Ἀλλ' ὅτε δὴ πόρον ἷξον ἐϋῤῥεῖος ποταμοῖο,
« Ξάνθου δινήεντος, ὃν ἀθάνατος τέκετο Ζεὺς,
« Ἔνθα μιν ἐξ ἵππων πέλασαν χθονὶ, κὰδ δέ οἱ ὕδωρ
« Χεῦαν[1]. » . . . .

De même Achille, poursuivant les Troyens dans la plaine, les atteint au passage du fleuve, les coupe en deux, chasse les uns vers la ville et jette les autres dans le fleuve :

« Ἀλλ' ὅτε δὴ πόρον ἷξον ἐϋῤῥεῖος ποταμοῖο,
. . . .
« Ἔνθα διατμήξας, τοὺς μὲν πεδίονδε δίωκε
« Πρὸς πόλιν. . . . .
. . . . « Ἡμίσεες δὲ

1. *Il.*, Ξ, 423-436.

« Ἐς ποταμὸν εἰλεῦντο βαθύρροον, ἀργυροδίνην [1]. »

Priam, descendant d'Ilion à la tente d'Achille, traverse le Scamandre, où Mercure l'attend et l'accompagne jusqu'au camp grec : « Après avoir dépassé le grand tombeau d'Ilus, « ils arrêtent les mules et les coursiers pour « les abreuver dans le fleuve. »

« Οἱ δ' ἐπεὶ οὖν μέγα σῆμα παρὲξ Ἴλοιο ἔλασσαν,
« Στῆσαν ἄρ' ἡμιόνους τε καὶ ἵππους, ὄφρα πίοιεν,
« Ἐν ποταμῷ [2]. » . . . .

A son retour, le vieillard est de nouveau accompagné par Mercure depuis le camp grec jusqu'au passage du fleuve :

« Ἀλλ' ὅτε δὴ πόρον ἷξον ἐϋρρεῖος ποταμοῖο,
. . . .
« Ἑρμείας μὲν ἔπειτ' ἀπέβη πρὸς μακρὸν Ὄλυμπον [3]. »

. 1. *Il.*, Φ, 1-8. Voyez notre carte; ce stratagème d'Achille y est marqué. Voyez aussi la description de la quatrième bataille.
2. *Il.*, Ω, 349-353. — 3. *Il.*, Ω, 692-694.

Ces divers passages nous montrent clairement l'attention du poëte et son exactitude
dans les détails topographiques; car le Scamandre, par son cours parallèle à l'Hellespont vers le milieu de la plaine, devenait
pour ainsi dire la ligne de démarcation entre
les deux armées; la surveillance des Grecs
d'un côté et des Troyens de l'autre s'étendait
jusqu'au passage ou gué[1].

Le stratagème d'Achille peint d'une manière plus frappante encore le cours et la
direction du Scamandre vers le milieu de la
plaine. Au gué du fleuve, dit le poëte, Achille
rompt les Troyens fuyant devant lui, chasse les
uns vers la ville et précipite l'autre moitié
dans le fleuve; donc le Scamandre, à l'endroit

1. Encore aujourd'hui, pendant l'été, quand le Scamandre
a peu d'eau, on le traverse plus facilement à son inflexion
vers le milieu de la plaine, ou sous Ilion, du côté est, où son
lit est très-large. A la saison des pluies, on ne peut le traverser que sur le pont de bois de *Coumcalé*.

du passage, coulait parallèlement à l'Hellespont; après avoir fait un coude, il descendait
ensuite vers l'Hellespont presque perpendiculairement à la ligne du passage, exactement
comme nous le voyons couler aujourd'hui. Vers
cette partie de la plaine, le lit du Scamandre
n'a subi aucun changement notable.

Il est clair que les Troyens, et Achille qui
les poursuivait vers Ilion, avaient à leur droite
la rivière jusqu'à ce qu'ils fussent arrivés au
gué, et qu'après l'avoir traversée ils l'avaient
à leur gauche[1].

Nous allons apporter une dernière preuve,
une preuve en quelque sorte mathématique,
pour démontrer que le fleuve dont il est ici
question, le *Menderé*, est le Scamandre de
l'*Iliade*. On se rappelle qu'Achille fut traîtreu-

---

1. Nous verrons plus tard, dans la description des batailles, que le poëte, pour nous faire mieux comprendre les
positions des combattants, prend souvent le Scamandre
comme repère topographique.

sement attiré par Apollon vers le Scamandre,
afin que les Troyens pussent entrer sans danger
dans la ville; détrompé, il remonte vers Ilion,
rencontre Hector qui se tenait pensif devant
les portes Scées et le poursuit jusqu'aux Deux
Sources. Nous avons donc ici trois points à
peu près en ligne droite : le point d'où part
Achille sur la rive du Scamandre, la station
d'Hector devant les portes Scées et les Deux
Sources. De ces trois points deux nous sont
suffisamment connus, les Deux Sources et la
station d'Hector [1]. Par conséquent, si des Deux
Sources nous traçons une ligne à un point
quelconque devant l'enceinte de la ville, du
côté de la plaine, et qu'ensuite nous prolon-
gions cette ligne vers la plaine, nous devons

1. Nous n'avons pas la position exacte des portes Scées,
et en conséquence nous n'avons pas osé les indiquer sur
notre carte; mais on peut se les figurer quelque part en face
du hêtre. Voyez aussi plus bas ce que nous disons des portes Scées.

trouver le troisième point cherché sur la rive du Scamandre. Effectivement, une ligne qui, partant des Deux Sources, passe sous l'enceinte d'Ilion, si elle est prolongée, rencontre le *Menderé*, notre Scamandre, dans sa partie transversale; donc le *Menderé* est le Scamandre d'Homère; Achille, partant de ce point et poursuivant Hector vers les Deux Sources, avait Ilion et les portes Scées à sa gauche.

Cette description, où les preuves se correspondent et se fortifient l'une l'autre, fixe les positions du Scamandre, d'Ilion et des Deux Sources[1]. Après ce que nous venons de dire, il devient évident que la course des deux héros ne peut d'aucune manière s'appliquer au ruisseau provenant des Sources; car, pour venir aux Deux Sources d'un point quelconque du cours de ce ruisseau, on ne passera jamais le

1. Voyez notre carte.

long de l'enceinte d'Ilion, mais on aura toujours la ville en face; circonstance tout à fait
en opposition avec l'*Iliade*.

Il ne nous reste plus qu'à démontrer que
le Scamandre, après avoir laissé sa direction
de l'est à l'ouest vers le milieu de la plaine,
reprenait sa direction nord, ou plutôt nord-
ouest, s'approchait comme aujourd'hui des
collines de Sigée et débouchait près de là dans
l'Hellespont. Nous mettrons ainsi en évidence
l'erreur de ceux qui, prenant le cours d'eau
des Sources pour le Scamandre, et voulant
concilier avec leur opinon l'*Iliade*[1], font incliner vers le nord-est et déboucher près du promontoire de Rhœtée le ruisseau des Sources
et le Scamandre lui-même[2].

---

1. D'après l'*Iliade*, on traverse le Scamandre quand on
va de l'Hellespont à Ilion.
2. Voyez la carte de la Troade dans l'ouvrage de Choiseul-Gouffier, *Voyage pittoresque de la Grèce*.

Achille, voyant que la flotte grecque courait risque d'être brûlée par les Troyens,
s'empresse d'envoyer au combat Patrocle avec
les Myrmidons; Patrocle arrive à l'endroit du
danger, éteint le feu, tue plusieurs des Troyens
et poursuit ceux qui parmi eux prennent les
premiers la fuite [1]; ensuite il se retourne du
côté des navires et empêche les autres de fuir
vers la ville, en les tuant, dit le poëte, « entre
les navires, le fleuve et la haute muraille. »

« Πάτροκλος δ' ἐπεὶ οὖν πρώτας ἐπέκερσε φάλαγγας,
« Ἂψ ἐπὶ νῆας ἔεργε παλιμπετές, οὐδὲ πόληος
« Εἴα ἱεμένους ἐπιβαινέμεν, ἀλλὰ μεσηγὺ
« Νηῶν καὶ ποταμοῦ καὶ τείχεος ὑψηλοῖο
« Κτεῖνε μεταΐσσων [2]. » . . . .

Le combat se passe à l'aile droite du camp
grec, vers Sigée; c'est là que Patrocle arrive,
entame les premières phalanges des Troyens

1. *Il.*, II, 124-393.
2. *Il.*, II, 394-398. Voyez l'aile droite du camp grec sur
notre carte et la description ci-après de la troisième bataille.

qui fuyaient, et puis, se retournant vers le camp grec, immole les autres après les avoir enfermés entre les navires, le fleuve et le mur du camp. On voit, même avant de connaître les détails de la troisième bataille, que l'endroit dans lequel Patrocle enferma les Troyens représente un carré ouvert d'un côté, celui de l'est; les trois autres côtés sont : celui des navires au nord, celui de la muraille au sud et celui du Scamandre à l'ouest; donc le Scamandre, avant de se jeter dans l'Hellespont, coulait à l'époque de la guerre de Troie, comme aujourd'hui, près des collines de Sigée, à la droite du camp grec.

Il n'y a aucun doute que la raison pour laquelle on a cru que le ruisseau des Sources est le Scamandre, c'est qu'Homère appelle les Deux Sources, « sources du Scamandre. »

.   .   .   .   .   .   « Ἔνθα δὲ πηγαὶ
« Δοιαὶ ἀναΐσσουσι Σκαμάνδρου δινήεντος. »

On n'a pas fait attention que ni les caractères
du Scamandre ni l'indication des mouvements
des combattants ne peuvent s'appliquer à ce
ruisseau. Du côté des Sources, en effet, on ne
voit aucune trace du lit d'une grande rivière,
large, torrentielle; de sorte l'on peut présumer que les Deux Sources et celles qui sont
plus bas[1] ont toujours eu à peu près le même
volume d'eau qu'elles ont aujourd'hui; d'ailleurs, en supposant même que la quantité d'eau
ait été autrefois plus considérable, le cours
d'eau qui en résulte n'a cependant jamais pu
offrir les caractères d'un torrent, à cause de
la nature de ces sources qui coulent du rocher
d'une manière presque égale pendant toutes
les saisons. Enfin, en admettant qu'il en eût
été ainsi, même alors la description des batailles de l'*Iliade* condamnerait ceux qui per-

1. Les Turcs qui habitent les environs appellent l'endroit
d'où jaillissent ces sources *Kirkose,* « aux quarante yeux. »

5

sisteraient à croire que l'eau des Sources est le Scamandre.

Nous appelons et nos ancêtres appelaient également « πηγὰς, » sources, non-seulement les eaux qui donnent naissance à une rivière, mais aussi les eaux qui jaillissent et proviennent d'une rivière. Ainsi, par exemple, la source qui était derrière le temple de Vénus sur l'Acrocorinthe, s'appelait « don d'Asopus, » comme provenant de l'Asopus de Phliassie[1] ; la source Castalie s'appelait « don du Céphise, » et les Liléens assuraient que des gâteaux et autres objets jetés dans le Céphise reparaissaient dans cette source[2]. La fontaine d'Aréthuse, sur l'île d'Ortygie, dans le port de Syracuse, devait ses eaux, disait-on, à l'Alphée de l'Élide, qui, disparaissant sous terre et ensuite coulant au-dessous du lit de la mer, jaillissait à

1. Pausanias, *Corinth.*, livre II, chap. v, § 1er.
2. Id., *Phociques*, livre X, chap. ix.

cette fontaine ; idée consacrée par Pindare dans les deux premiers vers de la première *Néméenne*[1].

De la même manière les habitants de la Troade croyaient que les Deux Sources, situées devant Ilion, au fond de la plaine, venaient du Scamandre, qui coule derrière la ville du côté sud-est; supposition qui d'ailleurs en elle-même n'a rien d'improbable. C'est ainsi qu'Alexandre de Skepsis explique l'expression homérique, en disant que l'eau des Deux Sources vient du Scamandre par infiltration souterraine[2]. Encore aujourd'hui cette

1. Voyez aussi Pausanias, Strabon et Virgile. Dans Pausanias, nous trouvons un oracle du dieu de Delphes, disant à Archias le Corinthien, qui allait en Sicile pour bâtir Syracuse : « Sur la mer sombre, au-dessus de Thrinacie, s'élève Ortygie, là où la bouche de l'Alphée jaillit en se mêlant aux sources d'Aréthuse. »

« Ὀρτυγίη τις κεῖται ἐν ἠεροειδέι πόντῳ,
« Θρινακίης καθύπερθεν, ν Ἀλφειοῦ στόμα βλύζει,
« Μισγόμενον πηγαῖς εὐριπείης Ἀρεθούσης. »

2. Strabon, *Géographiques,* livre XIII.

croyance existe parmi les paysans qui labourent
les terres environnantes; il y en a même qui
prétendent connaître un endroit où l'on entend
le bruit de l'eau qui descend vers les Deux
Sources [1].

Si cette explication ne paraît pas assez
satisfaisante, il faut qu'on en cherche d'autres ;
car l'*Iliade* ne nous permettra jamais d'appeler
Scamandre l'eau des Sources; l'argument de
MM. Moritt et Carlisle ne prouve rien; ils
disent que le ruisseau des Sources (le Scamandre selon eux), quoique peu considérable,
peut avoir communiqué son nom au *Menderé*
(dans lequel il se jette, et qui d'ailleurs représente pour eux le Simoïs). M. Moritt donne
même comme exemple deux rivières de son

1. J'ai entendu les paysans de *Bounarbachi* affirmer qu'un
vieillard du village connaissait cet endroit; malheureuse-
ment il était absent pendant les trois jours que j'ai passés à
Bounarbachi.

pays, et M. Carlisle[1], qui parle, il est vrai,
avec beaucoup de circonspection de la plaine
troyenne, ajoute que l'humble Mississipi im-
pose son nom au géant Missouri. Oui, sans
doute, mais cela ne fait pas que les caractères
du grand fleuve puissent être appliqués au
plus petit avant leur confluent ; l'humble Mississipi reste et s'appelle humble jusqu'à ce
que, se réunissant au Missouri, il devienne
grand de petit qu'il était ; celui qui décrit le
Mississipi d'avant le confluent, ne lui applique
pas certainement les caractères de largeur, de
profondeur, acquis après le confluent.

Le Scamandre de l'*Iliade* est appelé grand
et profond au-dessus du confluent, sous la
ville même ; et tel est le *Menderé*. Les Troyens
avaient raison de le considérer comme un dieu
tutélaire, de lui sacrifier des taureaux et de
jeter en son honneur des chevaux dans ses

1. *Diary in Turkish and Greek waters.*

flots tournoyants. Homère, à l'observation duquel rien n'échappe, reconnaît que, sans le Scamandre, Ilion aurait pu être cerné de tous les côtés et pris plus facilement. Par les paroles qu'Achille prononce en jetant Lycaon dans le Scamandre, on voit que les Troyens y mettaient leur confiance, qu'ils le regardaient comme une défense naturelle de leur ville :
« Le fleuve au cours rapide et argenté auquel vous sacrifiez tant de taureaux et dans les tourbillons duquel vous précipitez des chevaux vivants, ne vous sauvera pas. »

« Οὐδ' ὑμῖν Ποταμός περ ἐΰρροος ἀργυροδίνης
« Ἀρκέσει, ᾧ δὴ δηθὰ πολέας ἱερεύετε ταύρους,
« Ζωοὺς δ' ἐν δίνῃσι καθίετε μώνυχας ἵππους[1]. »

Menace qui manqua d'être fatale à Achille lui-même; car si Junon, voyant le danger qu'Achille courait, ne s'était empressée d'en-

1. *Il.*, Φ, 130-132.

voyer Vulcain, qui par ses feux desssécha tout, le fils de Pélée aurait été victime de la fureur du fleuve[1].

Hector, de son côté, par une fierté d'ailleurs bien justifiée, car il était le seul soutien d'Ilion, se compare au Scamandre, quand il donne à son fils, au jeune Astyanax, le nom de Scamandrios :

« Τόν ῥ' Ἕκτωρ καλέεσκε Σκαμάνδριον, αὐτὰρ οἱ ἄλλοι
« Ἀστυάνακτ'· οἶος γὰρ ἐρύετο Ἴλιον Ἕκτωρ[2]. »

Le ruisseau au contraire qui se forme des Sources est extrêmement modeste près de la ville d'Ilion, ne se composant que de l'eau des Deux Sources; ce n'est que plus bas, par le concours des autres sources, qu'il acquiert un volume plus considérable.

1. *Il.*, Φ, 324-384.
2. *Il.*, Z, 402-403. Selon moi, la dernière phrase, « οἶος γὰρ ἐρύετο Ἴλιον Ἕκτωρ, » se lie à la première, « τόν ῥ' Ἕκτωρ καλέεσκε Σκαμάνδριον; » la seconde, « αὐτὰρ οἱ ἄλλοι Ἀστυάνακτ', » est une parenthèse.

DU SIMOIS.

Cette rivière n'est mentionnée que six fois dans l'*Iliade,* et toujours sans épithète.

1° Dans la première bataille, quand Ajax tue Simoïssius, ainsi nommé à cause de sa naissance près des rives du Simoïs[1].

2° Dans la même bataille, quand Junon et Minerve viennent en aide aux Grecs qui combattaient près de la ville[2].

3° Dans la première bataille, quand le poëte dit que le combat s'étendit entre le Simoïs et le Scamandre :

« Πολλὰ δ' ἄρ' ἔνθα καὶ ἔνθ' ἴθυσε μάχη πεδίοιο.
« Ἀλλήλων ἰθυνομένων χαλκήρεα δοῦρα,
« Μεσσηγὺς Σιμόεντος ἠδὲ Ξάνθοιο ῥοάων[3]. »

De ces vers qui délimitent le champ de la

1. *Il.,* Δ, 473-477.
2. *Il.,* Ε, 773-777.
3. *Il.,* Ζ, 2-4.

première bataille, vient l'opinion erronée que tous les combats de l'Iliade se font entre ces deux rivières[1].

4° Dans l'énumération des rivières qui firent disparaître la muraille bâtie devant le camp grec[2].

5° Dans la quatrième bataille, quand le poëte nomme les endroits où Mars courait pour porter du secours aux Troyens[3].

6° Enfin dans la même bataille, quand le Scamandre, ne pouvant plus tenir seul contre Achille, appelle le Simoïs à son aide[4].

Si l'on examine ces six passages à part, indépendamment de la relation qui pourrait y exister avec les mouvements des combattants, on voit seulement que le Simoïs descendait de

1. Cette erreur se rencontre dans presque tous les dictionnaires, aux mots Scamandre et Simoïs.
2. *Il.*, M, 22-23.
3. *Il.*, Υ, 51-53.
4. *Il.*, Φ, 307-314.

l'Ida, coulait près de Callicolonne et se jetait dans le Scamandre, qu'il était torrentiel et capable de rouler dans son lit des troncs d'arbres et des pierres. Mais de l'examen des batailles et surtout de la première, qui eut lieu sous Ilion, on voit que le Simoïs se jetait dans le Scamandre pas très-loin de la ville ; d'un autre côté, la position de Callicolonne, près de laquelle le Simoïs coulait, devient claire dans la quatrième bataille : Mars, d'un côté pour surveiller Ilion, de l'autre voulant encourager les Troyens qui se battaient dans la plaine, « courait, dit le poëte, tantôt sur l'Acropole, tantôt sur Callicolonne, près du Simoïs. »

« Αὖε δ' Ἄρης ἑτέρωθεν, ἐρεμνῇ λαίλαπι ἶσος,
« Ὀξὺ κατ' ἀκροτάτης πόλιος Τρώεσσι κελεύων,
« Ἄλλοτε πὰρ Σιμόεντι θέων ἐπὶ Καλλιχολώνῃ[1]. »

1. *Il.*, Υ, 51-53. Voyez la description de la quatrième bataille, où le lieu du combat se fixe avec exactitude. On

On reconnaît par ces descriptions que le poëte nomme Callicolonne la série des collines qu'on a à sa droite quand on descend d'Ilion à l'Hellespont, et que par conséquent le Simoïs de l'*Iliade* est la rivière qu'on appelle aujourd'hui *Kimarra* ou *Kamarra;* elle descend des collines orientales de l'Ida et, coulant de l'est à l'ouest, se jette dans le Scamandre au-dessus du passage « πόρος ποταμοῖο, » c'est-à-dire au-dessus de l'inflexion que le fleuve fait vers le milieu de la plaine.

C'est cette rivière, ou plutôt ce torrent, presque à sec pendant l'été, qu'Alexandre de Skepsis et Strabon disent, comme nous, être le Simoïs homérique [1]. M. Hahn est le seul des archéologues, que je sache, qui a cru voir dans le ruisseau des Sources le Simoïs de l'*Iliade*,

peut aussi voir nôtre carte, où ces vers sont inscrits, pour mieux faire comprendre la topographie.

1. Strabon, *Géogr.,* livre XIII.

oubliant que ce ruisseau ne peut entraîner ni des troncs d'arbres ni des pierres [1].

Voilà les principaux points de la plaine de Troie reconnus; il y en a d'autres qui, quoique secondaires, ont pourtant des rapports intimes avec la topographie et les combinaisons stratégiques du poëme. Nous allons en parler brièvement en commençant par les portes Scées.

PORTES SCÉES.

Ces portes s'appellent aussi Dardaniennes [2] et sont les seules qui soient mentionnées nominativement dans l'*Iliade*. Que la ville en eût d'autres, nous le savons par la première sortie des Troyens, quand toutes les portes s'ouvrirent :

« Πᾶσαι δ' ὠΐγνυντο πύλαι, ἐκ δ' ἔσσυτο λαός [3]. »

1. *Les Excavations du Pergamon homérique,* par M. Hahn.
2. *Il.*, X, 5-196 et E, 789-790.
3. *Il.*, B, 809.

Mais les portes Scées devaient être les plus sûres ou les plus commodes; car, cette première fois exceptée, ce sont les seules par lesquelles entrent ou sortent les Troyens.

En parlant du Scamandre, nous avons vu que les portes Scées étaient situées du côté de la plaine, entre le Scamandre et les Deux Sources. Ceux qui ont cru découvrir une relation entre les expressions « ἀριστερός ou σκαιός » et le couchant [1], prétendent que les portes Scées étaient tournées vers l'ouest. Selon moi, ces portes s'appelaient Scées, « Σκαιαί, » à cause

1. Voyez Choiseul, Mauduit, Gladstone, etc. Homère, dans l'*Iliade*, prend toujours pour base de son orientation la position des Grecs, même quand il s'agit des Troyens, et règle en conséquence ses désignations de droite et de gauche. Faute d'avoir reconnu ce fait, M. Gladstone croit trouver des contradictions dans l'*Iliade*, et essaye de les effacer en interprétant les expressions: « ἐπὶ δεξιά, ἐπ' ἀριστερά, » par celles-ci : « à l'est, à l'ouest. »

Jusqu'ici, M. Gladstone est d'accord avec ses prédécesseurs. Mais ayant embrassé l'opinion que les aventures d'Ulysse eurent lieu vers l'est plutôt que vers l'ouest de la Grèce, et ne pouvant pas concilier cette opinion, déjà de leur position à la gauche de celui qui du milieu de la ville ou des remparts regardait vers la plaine troyenne; en d'autres mots, à cause de leur voisinage avec les Deux Sources plutôt qu'avec le Scamandre. La conformation des collines sur lesquelles la ville d'Ilion était située, nous montre que l'enceinte de la ville vers l'ouest ne dépassait pas les Deux Sources, tandis que vers l'est elle arrivait jusq'au Scamandre; de même, la plaine troyenne en avant

d'ailleurs combattue par Strabon, avec les paroles de Calypso, qui ordonne à Ulysse de naviguer en ayant l'Arctos, l'étoile polaire, à sa gauche :

« Τὴν γὰρ δή μιν ἄνωγε Καλυψὼ, δῖα θεάων,
« Ποντοπορευέμεναι ἐπ᾽ ἀριστερὰ χειρὸς ἔχοντα, »
(*Odyss.*, E, 276.)

M. Gladstone, dans un long *excursus* (vol. III, page 349), cherche à établir que, dans les poëmes homériques, les expressions : « ἐπὶ δεξιά, ἐπ᾽ ἀριστερά, » ont une signification tout à fait opposée à celle qu'elles avaient dans les temps postérieurs à Homère, c'est-à-dire que la phrase : « ἐπ᾽ ἀριστερά, » veut dire : « à droite ou vers la droite. » Ce n'est pas ici le lieu de présenter nos objections contre cette opinion. Toutefois, nous croyons devoir dès à présent signaler à l'atde la ville s'étend depuis les Deux Sources jusqu'au Scamandre et au delà vers l'est. Donc, celui qui était sur les remparts, à un point correspondant à peu près au milieu de l'espace entre les Deux Sources et le Scamandre, et regardait vers la plaine, avait les Deux Sources et les portes qui en étaient voisines, les portes Scées, à sa gauche.

tention de l'illustre helléniste les vers suivants de l'*Odyssée*, qui nous paraissent décisifs dans la question :

« Ἢ καθύπερθε Χίοιο νεοίμεθα παιπαλοέσσης,
« Νήσου ἔπι Ψυρίης, αὐτὴν ἐπ' ἀριστερὰ ἔχοντες,
« Ἢ ὑπένερθε Χίοιο, παρ' ἠνεμόεντα Μίμαντα. »   (Γ, 170.)

Ici, nous avons des lieux connus du poëte comme de nous-mêmes, et qui peuvent témoigner ce qu'Homère entend par l'expression : « ἐπ' ἀριστερά. » Les Grecs étaient à Lesbos, « délibérant s'ils devaient naviguer au-dessus de l'âpre Chios (vers l'île de Psyrie), en l'ayant à leur gauche, ou au-dessous de Chios, longeant Mimas. »

Il est clair que celui qui de l'île de Lesbos vient vers la Grèce, s'il passe entre la terre ferme et l'île de Chios (ὑπένερθε Χίοιο, παρ' ἠνεμόεντα Μίμαντα), a l'île de Chios à sa droite ; mais s'il navigue au-dessus de Chios, mettant la proue sur l'île de Psyrie (καθύπερθε Χίοιο, νήσου ἔπι Ψυρίης), il a l'île de Chios à sa gauche. Donc, de la même manière, Ulysse devait avoir l'Arctos vraiment à sa gauche.

Homère, toujours exact et rigoureux en même temps que dramatique dans ses descriptions, en peignant la course d'Achille (quand du Scamandre, vers lequel Apollon l'avait détourné, il arrive aux Deux Sources), semble indiquer que les portes Scées étaient beaucoup plus proches des Deux Sources que de la rive du Scamandre. En effet, cette marche d'Achille commence au 21e vers de la rhapsodie X : « Ainsi dit, il s'élance plein d'orgueil vers la ville, »

« Ὣς εἰπὼν προτὶ ἄστυ μέγα φρονέων ἐβεβήκει. »

Et son arrivée devant les portes Scées est exprimée dans les 131e vers de la même rhapsodie :
« Pendant qu'Hector immobile (devant les » portes Scées) roulait ces pensées dans son » esprit, Achille arrive près de lui, »

Ὣς ὥρμαινε μένων· ὁ δέ οἱ σχεδὸν ἦλθεν Ἀχιλλεύς. »

C'est donc cent onze vers que le poëte consacre à cette description en y comprenant les discours que Priam et Hécube adressent en pleurant à leur fils, et l'*apostrophe* qu'Hector s'adresse à lui-même; épisodes qui ont lieu pendant qu'Achille s'achemine vers les portes Scées, et qui mesurent pour ainsi dire le temps que le héros met à cette course. Au contraire, le trajet depuis les portes Scées jusqu'aux Deux Sources n'occupe que dix vers, depuis le 137ᵉ jusqu'au 147ᵉ de la rhapsodie X. Sur notre carte, nous avons indiqué seulement l'emplacement probable du hêtre qui était devant les portes Scées. Il est naturel que ceux qui, comme Choiseul et Mauduit, prennent le ruisseau des Sources pour le Scamandre, placent les portes Scées au delà des Deux Sources, du côté occidental de la ville, malgré l'indication évidente de l'*Iliade,* qui les veut au nord de la ville et à l'est des Deux Sources, en face de la plaine troyenne.

6

COLLINE BATIIA OU TOMBEAU DE MYRINE.

C'est sur cette colline, qui, selon le poëte, était devant Ilion, isolée dans la plaine, que les Troyens, avant la première bataille, se mirent en ordre, après être sortis de la ville.

« Ἔστι δέ τις προπάροιθε πόλιος αἰπεῖα κολώνη,
« Ἐν πεδίῳ ἀπάνευθε, περίδρομος ἔνθα καὶ ἔνθα·
« Τὴν ἤτοι ἄνδρες Βατίειαν κικλήσκουσιν,
« Ἀθάνατοι δέ τε σῆμα πολυσκάρθμοιο Μυρίνης·
« Ἔνθα τότε Τρῶές τε διέκριθεν ἠδ᾽ ἐπίκουροι[1]. »

On reconnaît facilement sur notre carte la colline qu'entend ici le poëte; elle est au nord de *Bounarbachi.*

DES TOMBEAUX OU TUMULI.

Le voyageur rencontre en Troade plusieurs monceaux de terre, nus et coniques, plus ou moins considérables en hauteur et en circon-

1. *Il.*, B, 811-815.

férence. Ce sont des tombeaux des temps
héroïques, seuls monuments de cette époque
respectés pendant trente siècles, mais aujour-
d'hui ravagés sans aucun égard [1]. Voici comment le poëte nous décrit la constitution de
ces tombeaux. Après avoir entassé le combus-
tible nécessaire, on plaçait le mort sur le bûcher et on y mettait le feu; le tout étant brûlé
et le feu éteint, on traçait la base circulaire du
tumulus, on couvrait les cendres avec des
pierres prises sur les lieux mêmes et enfin on
versait (c'est le mot dont se sert Homère) de
la terre sur les pierres [2]. Les os des hommes
éminents, avant d'être ainsi recouverts de

1. M. de Choiseul-Gouffier, en 1787, avec la permission du
gouvernement turc, ouvrit le tombeau de Sigée, qui, plus
tard, fut tout à fait détruit et transformé en cimetière.
M. Calvart, il y a peu d'années, fit une ouverture perpendiculaire à un des trois *tumuli* de Pergame et à un de ceux
de Sigée, de sorte que les pluies, en y précipitant la terre
du sommet et des côtés, leur feront perdre bientôt la forme
conique. — 2. Χέω et χεύω.

pierres et de terre, étaient mis dans une urne [1].
Les trois *tumuli* de Pergame diffèrent un peu
des autres, ils sont maintenant à peine recouverts de terre et laissent voir les monceaux de
pierre disposés coniquement. C'est probablement la conséquence de la situation de Pergame, exposée aux vents et aux pluies les plus
violentes. Celui qui parmi tous conserve le
mieux sa forme, est le *tumulus* d'*Oujek-Tépé*,
communément dit d'Ilus; il paraît presque
intact, n'ayant qu'une petite cavité au sommet,
cavité qui ressemble au cratère d'un volcan
et s'explique par la plus grande quantité de
cendres originairement amassées au centre du
bûcher et par la forme même du cône, dont le
centre subit une plus forte pression que le
reste de la circonférence.

1. *Il.*, Ψ, 164-256 et Ω, 786-799. Si l'urne ou fiole qui conte-
nait les ossements de Patrocle ne fut pas ensevelie, c'est
qu'elle était destinée à recevoir aussi ceux d'Achille.

Des trois *tumuli* du promontoire Sigée,
l'un, avons-nous dit, totalement détruit, est
devenu un cimetière; l'autre fut ouvert par
M. Calvart en 1855. J'ai vu, quelques mois
après son ouverture, à sa base, de petits morceaux de charbon et les pierres qui recouvri-
rent le feu éteint; elles sont jaunâtres et po-
reuses, comme celles de la colline sur laquelle
le *tumulus* est placé. Enfin, sur le petit promontoire de Rhœtée, en face de l'entrée de
l'Hellespont, on voit la partie inférieure
d'un grand *tumulus :* c'est l'*Æantium* de Strabon [1]; les Turcs l'appellent *In-Tepé* [2].

La largeur de sa circonférence nous fait
présumer que ce *tumulus* était le plus grand

1. « Αἰάντειον μνῆμα καὶ ἱερὸν Αἴαντος καὶ Ἀνδριάς. » Strabon,
Géogr., livre XIII. On voit encore aujourd'hui, vers le sommet de ce *tumulus*, les restes d'un édifice de l'époque romaine.

2. En turc, *Tépé* veut dire élévation; quelques-uns, au
lieu de *In-Tépé*, disent *Aïant-Tépé*, traduction de « Αἴαντος
μνῆμα. »

de la Troade, après celui d'*Oujek-Tépé*. Sur la plupart des autres collines qui environnent la plaine, on rencontre des *tumuli* de même construction, mais beaucoup plus petits. Cependant, puisque nous ne nous proposons ici que la détermination des tombeaux décrits dans l'*Iliade*, nous allons nous occuper seulement de ceux qui nous paraissent posséder les caractères indiqués par le poëte.

TOMBEAU D'ÆSYÉTÈS.

Du haut de ce tombeau, Politès, aux pieds lestes, épiait les mouvements des Grecs dans leur camp :

« Ὃς Τρώων σκοπὸς ἷζε ποδωκείῃσι πεποιθὼς
« Τύμϐῳ ἐπ' ἀκροτάτῳ Αἰσυήταο γέροντος,
« Δέγμενος ὁπότε ναῦφιν ἀφορμηθεῖεν Ἀχαιοί. »

Ceux qui prétendent que l'antique Ilion s'élevait sur les collines où Strabon place le *Pagus Iliensis*, disent que cette vigie eût été inu-

tile si l'on suppose la ville située sur les collines de *Bounarbachi,* du haut desquelles les
Troyens pouvaient distinguer le Naustathme.
A cette objection, nous répondrons d'abord
que toute la plage sur laquelle les Grecs
étaient campés ne se voit pas bien du haut
de ces collines. Les hauteurs sur lesquelles le
Nouvel Ilion fut plus tard bâti, devaient naturellement cacher l'extrémité gauche du camp
grec; ensuite, à cause du peu d'élévation
de la plaine et du voisinage de la mer, il arrive souvent que l'horizon est voilé de vapeurs
et qu'on ne voit pas très-distinctement l'Hellespont; il devenait par conséquent indispen-
sable aux Troyens d'observer les Grecs d'un endroit mieux situé et plus rapproché des navires.

On n'a qu'à jeter un coup d'œil sur la
plaine troyenne et voir les collines qui l'entourent, pour reconnaître que la position la
mieux appropriée à une vigie troyenne était le

tumulus d'*Oujek - Tépé* : il est placé sur une élévation en face du port des Achéens, du Naustathme, à une distance d'environ 5,000 mètres d'Ilion, et à 4,000 mètres environ plus près de l'Hellespont, en ligne droite, que ne l'est Pergame. De plus, la retraite de Politès vers Ilion était assurée par les aspérités du terrain; il pouvait parcourir à pied, sans craindre la poursuite des chars, les rochers d'où sortent les Sources. M. Lechevalier est d'accord avec nous, tandis que MM. de Choiseul-Gouffier et Mauduit placent le tombeau d'Æsyétès[1] sur Callicolonne, à une dis-

---

1. Les gens qui habitent les environs viennent chaque année, le 20 juillet (1er août), sur ce tombeau et font des prières en l'honneur du prophète Eliou. C'est probablement à cause de la ressemblance des noms qu'il a été, à tort, appelé par plusieurs voyageurs tombeau d'Ilus; peut-être aussi est-ce l'inverse qui est arrivé; les habitants ayant entendu appliquer le nom d'Ilus à ce tombeau, ont pu imaginer qu'il appartenait au prophète dont le nom a quelque ressemblance avec celui du héros troyen.

tance beaucoup plus grande d'Ilion que du
camp grec [1]. C'eût été une situation très-péril-
leuse pour l'observateur troyen obligé de parcourir à pied cette distance et de traverser
les vallées du Simoïs et du Scamandre, entre
les collines de Callicolonne et Ilion. Montés sur
leurs chars, les Grecs auraient pu facilement
le devancer sur le chemin de la ville et lui
couper la retraite.

TOMBEAU D'ILUS.

De tous les points topographiques de la
plaine troyenne, l'emplacement du tombeau
d'Ilus est le mieux indiqué dans l'*Iliade* par
les mouvements des combattants. Il paraît
pourtant que ce tombeau du fondateur d'Ilion
différait des autres, puisqu'il était surmonté

1. Voyez leurs cartes et la nôtre.

d'une colonne, à l'abri de laquelle Pâris tira
sa flèche contre Diomède :

« Στήλη κεκλιμένος, ἀνδροκμήτῳ ἐπὶ τύμβῳ
« Ἴλου Δαρδανίδαο [1]. » .   .   .   .   .   .

La colonne et peut-être aussi l'épithète « ἀνδρό-
κμητος » donnée à ce seul tombeau nous expliquent qu'il était bâti sur une base solide.

Par la description des batailles, l'on voit
qu'il était situé vers le milieu de la plaine, au
delà du passage ordinaire du Scamandre. Celui
qui du camp grec s'acheminait vers Ilion, après
avoir traversé le fleuve, avait à sa main droite
le tombeau d'Ilus et à sa gauche le Scamandre ;
cela devient clair surtout dans la troisième
bataille, quand les Troyens poursuivis par
Agamemnon fuient, dit le poëte, à travers la
plaine à côté du tombeau d'Ilus, puis à côté du
figuier sauvage, désireux d'atteindre la ville :

1. *Il.*, Λ, 371-372.

« Οἱ δὲ παρ' Ἴλου σῆμα παλαιοῦ Δαρδανίδαο,
« Μέσσον κὰπ πεδίον, παρ' ἐρινεὸν ἐσσεύοντο,
« Ἱέμενοι πόλιος[1]. »   .   .   .   .   .   .

Dans la même bataille, les Grecs, se retirant de
devant Ilion, avant de traverser le Scamandre,
s'arrêtent et résistent aux Troyens ; leur aile
droite s'étendait jusqu'au tombeau d'Ilus, d'où
Pâris lança sa flèche contre Diomède; leur
gauche, ou, comme dit le poëte, la gauche de
la bataille, arrivait jusqu'au Scamandre, qui,
on le sait déjà, coule à cet endroit perpendiculairement à la direction de la partie guéable,

---

1. *Il.*, Λ, 166-168. La ligne ΚΛΛ' indique, sur notre carte,
cette fuite des Troyens.

2. Les Grecs se retiraient sans tourner le dos aux Troyens,
regardant toujours vers Ilion ; par conséquent, ils avaient
le tombeau d'Ilus à leur droite et le Scamandre à leur gauche. De même les Troyens; car, comme nous l'avons expliqué
ailleurs, le poëte, contrairement à l'usage des modernes,
applique et fixe les directions des deux armées, en prenant
toujours pour base la position des Grecs. *Il.*, Ν, 497-499.

Voyez notre carte et la description de la troisième bataille.

« πόρος ποταμοῖο . » De même Priam, descendant de la ville au camp grec, après avoir passé à côté du tombeau d'Ilus, arrive au gué du Scamandre et fait boire ses mulets et ses chevaux :

« Οἱ δ' ἐπεὶ οὖν μέγα σῆμα παρὲξ Ἴλοιο ἔλασσαν,
« Στῆσαν ἄρ' ἡμιόνους τε καὶ ἵππους, ὄφρα πίοιεν,
« Ἐν ποταμῷ[1]. »   .   .   .   .

Dans la seconde bataille, les Troyens vainqueurs s'éloignent des navires grecs à la tombée de la nuit et établissent leur camp au milieu de la plaine, sur le Scamandre, sur le gué même[2]. Pendant la nuit, Hector prend avec lui les gérontes, s'éloigne du tumulte (de l'armée et du fleuve) et tient conseil près du tombeau d'Ilus :

« Βουλὰς βουλεύει θείου παρὰ σήματι Ἴλου,
« Νόσφιν ἀπὸ φλοίσβου[3]. »   .   .   .   .

1. *Il.*, Ω, 349-351. — 2. *Il.*, Θ, 487-561.
3. *Il.*, Κ, 415-416. Selon l'*Iliade,* les conseils des Gérontes, « Βουλαί, » ont lieu toujours dans des endroits écar-

On voit sur notre carte la place que nous assignons à ce tombeau, place qui correspond parfaitement aux passages de l'*Iliade* que nous venons d'examiner. Qu'on ne s'étonne pas s'il ne reste aucun vestige de ce monument : les autres *tumuli* doivent leur conservation surtout à la pauvreté de leurs matériaux ; au contraire, le tombeau d'Ilus, étant bâti et surmonté d'une colonne, a subi le sort des pierres et des colonnes de l'ancien Ilion, du nouvel Ilion, de tant d'autres villes et monuments ; ces matériaux ont été transportés ailleurs et ont servi à des constructions nouvelles.

TOMBEAU D'HECTOR.

Le vieux Priam, après les lamentations sur le corps de son fils, dit aux Troyens de porter du bois à la ville :

tés ou inaccessibles au peuple ; c'est pourquoi le mot « φλοῖσϐος » exprime ici le bruit du fleuve et de l'armée.

« Ἄξετε νῦν, Τρῶες, ξύλα ἄστυδε[1]. »

Donc il paraît que le tombeau du défenseur d'Ilion fut érigé dans l'enceinte même de la ville. Le corps ayant été brûlé, les os sont recueillis et mis dans un coffre d'or; le coffre est placé dans une cavité, puis recouvert d'un amas de grandes pierres; enfin le tout est couvert à la hâte de terre .

« Καὶ τάγε χρυσείην ἐς λάρνακα 3ῆκαν ἑλόντες.

. . . .

« Αἶψα δ' ἄρ' ἐς κοίλην κάπετον 3έσαν· αὐτὰρ ὕπερθεν
« Πυκνοῖσιν λάεσσι κατεστόρεσαν μεγάλοισι·
« Ῥίμφα δὲ σῆμ' ἔχεαν[2]. » . . . . .

Cette mention, tout à fait exceptionnelle dans l'*Iliade*, d'un *amas de grandes pierres* placé au-dessus des cendres d'un bûcher, donne quelque vraisemblance à l'opinion de ceux qui croient retrouver le tombeau d'Hector dans

1. *Il.*, Ω, 778
2. *Il.*, Ω, 788-810.

l'un des trois *tumuli* de Pergame. Tous trois, en effet, sont des monceaux de pierres légèrement recouverts de terre. Qui sait! peut-être les deux autres renferment-ils les restes de Mestor et de Troïlus, frères d'Hector, mentionnés par Priam comme ayant péri dans cette guerre :

« Μήστορα τ᾽ ἀντίθεον καὶ Τρωῖλον ἱππιοχάρμην,
« Ἕκτορά ϑ᾽, ὃς ϑεὸς ἔσκε μετ᾽ ἀνδράσιν, οὐδὲ ἐῴκει
« Ἀνδρός γε ϑνητοῦ παῖς ἔμμεναι, ἀλλὰ ϑεοῖο·
« Τοὺς μὲν ἀπώλεσ᾽ Ἄρης[1]. »   .   .   .   .   .

DES TOMBEAUX COMMUNS.

Nous appelons ainsi les deux monuments tumulaires érigés par les Grecs et les Troyens à leurs soldats morts dans la première bataille. Jusqu'à présent, ceux qui ont décrit la plaine troyenne ne désignent que le tombeau commun des Grecs. Suivant le conseil de Nestor,

1. *Il.*, Ω, 257-260.

les Grecs élevèrent le leur devant le camp, non loin des navires :

> . . . . . « Ἀτὰρ κατακήομεν αὐτοὺς
> « Τυτθὸν ἀποπρὸ νεῶν[1]. » . . . . . .

Ensuite ils construisirent la muraille avec des tours et au delà de la muraille creusèrent le fossé :

> . . . . « Ποτὶ δ᾽ αὐτὸν τεῖχος ἔδειμαν,
> « Πύργους ᾽ ὑψηλοὺς, εἶλαρ νηῶν τε καὶ αὐτῶν.
>
> . . . .
>
> « Ἔκτοσθεν δὲ βαθεῖαν ἐπ᾽ αὐτῷ τάφρον ὄρυξαν[2]. »

On voit sur notre carte le tombeau commun des Grecs ; nous le plaçons vers la gauche du camp, entre les navires et la muraille.

M. de Choiseul, en 1787, ayant vu près du village *Kumkioi* (village de sable) les restes d'un *tumulus*, place le tombeau commun des Grecs dans cet endroit, ce qui n'est point en désac-

---

1. *Il.*, H, 333-334. 2. *Il.*, H, 436-441.

cord avec l'*Iliade;* car ce point en question est distant du rivage actuel environ de 4,000 mètres.

Le poëte ne nous dit pas où les Troyens ensevelirent leurs morts ; mais puisque, il y a quelques années, un grand amas d'os calcinés fut découvert sur les collines qui s'étendent comme l'hypoténuse du triangle que forment, à partir de leur confluent, le Scamandre et le Simoïs, j'appelle sur cette localité l'attention des archéologues ; elle a pu parfaitement convenir à l'inhumation des Troyens tombés dans la première bataille, qui eut lieu sous la ville, entre le Simoïs et le Scamandre [1].

TOMBEAU DE PATROCLE ET D'ACHILLE.

Le seul tombeau d'un chef grec dont nous trouvions la description dans l'*Iliade* est celui

1. Voyez la description de la première bataille ; ces ossements furent découverts par M. Calvart, à qui le terrain appartient.

7

de Patrocle, le même qui plus tard recouvrit aussi les ossements d'Achille; c'est l'âme de Patrocle qui prie le fils de Pélée « qu'on ne dépose pas ses os loin des siens, mais que la même urne, la même tombe les recouvre. »

« Μὴ ἐμὰ σῶν ἀπάνευθε τιθήμεναι ὀστέ᾽, Ἀχιλλεῦ·
« Ἀλλ᾽ ὁμοῦ, ὡς ἐτράφημεν ἐν ὑμετέροισι δόμοισιν,
. . . .
« Ὡς δὲ καὶ ὀστέα νῶϊν ὁμὴ σορὸς ἀμφικαλύπτοι,
« Χρύσεος ἀμφιφορεὺς, τόν τοι πόρε πότνια μήτηρ[1]. »

Achille lui promet de se conformer en tout à sa demande :

. . . . « Αὐτὰρ ἐγώ τοι
« Πάντα μάλ᾽ ἐκτελέω, καὶ πείσομαι, ὡς σὺ κελεύεις[2]. »

Le bois est porté sur la falaise « que le héros choisit pour la tombe de Patrocle et la sienne. »

1. *Il.*, Ψ, 83-92.
2. *Il.*, Ψ, 95-96.

« Κὰδδ' ἄρ' ἐπ' ἀκτῆς βάλλον ἐπισχερώ, ἔνθ' ἄρ' Ἀχιλλεὺς
« Φράσσατο Πατρόκλῳ μέγα ἠρίον, ἠδέ οἱ αὐτῷ[1]. »

Le bûcher étant consumé, Achille ordonne que les os de Patrocle, réunis dans une urne d'or, restent à part jusqu'à sa propre mort; et que pour le moment on élève un petit *tumulus* que l'on élargira et exhaussera après sa mort[2]. L'ordre d'Achille est ponctuellement exécuté; les os de Patrocle sont mis dans l'urne et l'urne dans les tentes[3] : ce tombeau était donc un cénotaphe, ou plutôt comme le noyau de la tombe, qui fut agrandie après avoir reçu les os des deux amis inséparables.

L'*Iliade* ne nous décrit pas l'agrandissement de ce monument, puisqu'elle s'arrête avant la mort d'Achille; pourtant, par ce qui est dit des funérailles de Patrocle, on voit que les vœux des

1. *Il.*, Ψ, 125-126.
2. *Il.*, Ψ, 243-248.
3. *Il.*, Ψ, 252-256.

deux héros furent exaucés ; le poëte, en disant que le bois fut amoncelé *sur la pointe qu'Achille choisit pour le grand sépulcre de Patrocle et de lui-même*, semble indiquer qu'il a vu terminer la dernière demeure des deux illustres amis.

L'*Odyssée*, entièrement d'accord à cet égard avec l'*Iliade*, nous affirme que les ordres d'Achille furent exécutés après sa mort :

« Dès l'aube du jour, ô Achille, nous ras-
« semblons tes ossements...... Ta mère avait
« donné une urne d'or.... C'est là qu'ils sont
« mis, et mêlés à ceux de Patrocle ; ceux d'An-
« tiloque y sont aussi placés, mais à part [1]...

1. « Ἐν τῷ τοι κεῖται λεύκ' ὀστέα, φαίδιμ' Ἀχιλλεῦ,
« Μίγδα δὲ Πατρόκλοιο Μενοιτιάδαο θανόντος·
« Χωρὶς δ' Ἀντιλόχοιο. » . . . . . .

(Odys., Ω, 76-78.)

C'est-à-dire que les ossements des trois héros furent mis dans la même amphore ou urne, toutefois avec la différence que ceux de Patrocle et d'Achille étaient mêlés ensemble, ceux d'Antiloque séparés ; disposition exprimant le degré d'amitié entre les trois héros. Le poëte nous donne même la raison qui décida les Grecs à mettre dans la même urne les

« Au-dessus d'eux la sainte armée des vail-
« lants Argiens élève une grande et magni-
« fique tombe au sommet d'un promontoire
« sur le large Hellespont, afin qu'elle soit vue
« de loin par les hommes qui parcourent la
« mer. » (*Odys.*, Ω, 72-74.)

Ainsi, l'*Iliade* et l'*Odyssée* nous disent que la
même tombe couvrit les os de Patrocle et
d'Achille, que cette tombe haute et large était

---

ossements d'Antiloque, en disant : « Celui que de tous tes
« compagnons tu chérissais le plus après la mort de Pa-
« trocle. »

. . . . « Τὸν ἔξοχα τίες ἁπάντων
« Τῶν ἄλλων ἑτάρων, μετὰ Πάτροκλόν γε θανόντα. »

(*Odys.*, Ω, 78.)

M. P. Giguet, dans la plus récente traduction française
d'Homère, dominé sans doute par les idées des archéologues qui attribuent à Antiloque un des trois *tumuli* du promontoire Sigée, traduit ainsi les vers de l'*Odyssée :* « C'est
« là, noble Achille, que reposent tes ossements, confondus
« avec ceux de Patrocle, *mais à quelque distance d'Anti-*
« *loque.* » C'est-à-dire que M. Giguet fait reposer Achille
et Patrocle dans la même tombe, et en cela il est d'accord
avec Homère; mais il a tort de croire que l'auteur de l'*Odys-*
sée attribue une tombe séparée à Antiloque.

sur un promontoire dans l'Hellespont. Donc
ils se trompent, ou du moins ils sont en contradiction avec Homère, ceux qui disent qu'un
des trois tombeaux de Sigée est celui d'Achille,
un autre celui de Patrocle et le troisième celui
d'Antiloque. Ils se trompent non-seulement
parce qu'ils séparent les restes des deux amis
qui voulurent rester inséparables même après
leur mort, mais aussi parce qu'ils nomment
tombeau d'Achille l'un des trois tombeaux de
Sigée; ceux-ci, selon moi, n'ont aucun des
signes caractéristiques que l'*Iliade* attribue à
ce monument; aucun des trois n'est situé sur
l'Hellespont, sur une plage, sur une pointe
avançant dans la mer et isolée; aucun d'eux
n'est grand ni magnifique; au contraire, ils
sont de grandeur médiocre. Celui qui est visible
de la mer, sur l'extrémité occidentale de Sigée,
est plus rapproché de la mer Égée que de
l'Hellespont; il s'appelle généralement *tombeau*

d'Achille; mais M. de Choiseul, après l'avoir fait ouvrir, y ayant trouvé des objets d'art de l'époque romaine, pense que c'est le tombeau de Faistus.

Le second, qu'on attribue à Patrocle, n'est pas visible de la mer, et moins encore le troisième, qui est près du Scamandre et que M. de Choiseul, après sa déception dans l'excavation du premier, persiste à croire être celui d'Achille.

Qu'on n'oublie pas que la plus forte raison qui décida les anciens et les modernes à placer le tombeau du héros de l'*Iliade* au cap Sigée, est l'opinion erronée qu'Achille et ses Myrmidons occupaient la partie droite du camp grec.

Selon moi, le monument de Patrocle et d'Achille est le *tumulus* du promontoire Rhœtée, qui depuis plusieurs siècles s'appelle tombeau d'Ajax; par la largeur de sa base, on reconnaît facilement qu'après celui d'*Oujek-Tepé*, il doit avoir été le plus grand *tumulus* de la Troade; il est sur l'Hellespont, sur une pointe, « ἀκτῇ προεχούσῃ, » qui avançait dans la mer beaucoup plus qu'aujourd'hui, à l'époque de la guerre de Troie, quand le port occupait la partie basse de la plaine. Du haut de ce *tumulus*, on voit toute l'entrée de l'Hellespont et il devait être visible à une grande distance en mer quand il avait sa hauteur primitive.

En faveur de notre opinion vient une autre circonstance qui, je crois, n'a jamais jusqu'à présent été prise en considération : je veux dire l'invocation d'Achille aux vents pour faire brûler plus vite le bûcher [1]. On n'a qu'à jeter un regard sur notre carte pour s'apercevoir du danger que les Grecs eussent couru si le vent du nord et de l'ouest eussent soufflé en même temps sur un vaste bûcher placé du

1. *Il.*, Ψ, 192-218.

côté de Sigée, à l'endroit où s'élèvent les trois *tumuli*. Ces deux vents, au contraire, soufflant dans la direction du cap Rhœtée, emportaient la fumée et la flamme vers l'intérieur du pays et ne pouvaient incommoder ni les Grecs ni leur flotte.

De plus, la disposition des nations grecques sur le rivage, et leur ordre stratégique, nous confirme encore davantage dans l'opinion que le cap Rhœtée était l'endroit le plus propre à recevoir les restes de Patrocle et d'Achille, qui, nous l'expliquerons bientôt, occupaient et protégeaient l'aile gauche du camp; tandis que les tombeaux de Sigée, se trouvant à l'aile droite, étaient trop éloignés des navires et des tentes des Myrmidons; pour y arriver, il aurait fallu traverser le Scamandre.

Enfin, fixons un instant notre attention sur la description des jeux qu'Achille célèbre en

l'honneur de son ami, après les funérailles :
Achille, après avoir passé toute la nuit à
pleurer et à faire des libations autour du
bûcher, s'en écarte et s'endort ; mais le bruit
des pas et le tumulte de ceux qui se rassem-
blent autour des Atrides l'éveillent[1]. C'est alors
qu'il dit aux Atrides et aux autres Panachéens
de ramasser les ossements de Patrocle, de les
mettre dans une urne, jusqu'au jour où lui-
même descendrait chez Pluton. Il leur recom-
mande enfin de ne pas élever un très-grand
tombeau, mais seulement un de médiocre di-
mension, ajoutant que ceux qui lui survivraient
le feraient ensuite plus large et plus haut.

« Καὶ τὰ μὲν ἐν χρυσέῃ φιάλῃ καὶ δίπλακι δημῷ
« Θείομεν, εἰσόκεν αὐτὸς ἐγὼν Ἄϊδι κεύθωμαι.
« Τύμβον δ' οὐ μάλα πολλὸν ἐγὼ πονέεσθαι ἄνωγα,
« Ἀλλ' ἐπιεικέα τοῖον· ἔπειτα δὲ καὶ τὸν Ἀχαιοὶ
« Εὐρύν θ' ὑψηλόν τε τιθήμεναι, οἵ κεν ἐμεῖο
« Δεύτεροι ἐν νήεσσι πολυκλήϊσι λίπησθε[2]. »

1. _Il._, Ψ, 218-234. — 2. _Il._, Ψ, 243-248.

Les Grecs obéissent au fils de Pélée, exécutent ses ordres et retournent auprès de lui. Alors Achille *retient le peuple et célèbre de grands jeux* :

« Ὣς ἔφαθ'· οἱ δ' ἐπίθοντο ποδώκεϊ Πηλείωνι.

. . . .

« Χεύαντες δὲ τὸ σῆμα, πάλιν κίον, αὐτὰρ Ἀχιλλεὺς
« Αὐτοῦ λαὸν ἔρυκε, καὶ ἷζανεν εὐρὺν ἀγῶνα[1]. »

Cette description fait voir que les jeux eurent lieu non loin de la tombe élevée à Patrocle.

Immédiatement après, le poëte ajoute qu'Achille fit apporter de ses navires les prix des jeux, des bassins, des trépieds, des chevaux, etc. :

« Νηῶν δ' ἔκφερ' ἄεθλα, λέβητάς τε τρίποδάς τε,
« Ἵππους θ' ἡμιόνους τε[2]. » . . . . .

Donc les jeux ne se firent pas non plus très-loin des navires d'Achille.

1. *Il.*, Ψ, 249-258. — 2. *Il.*, Ψ, 259-261.

Le poëte, suivant pour ainsi dire de l'œil la course des chars, nous représente tout le champ de l'hippodrome uni et plat[1]; telle effectivement est la plaine troyenne jusqu'au pied du cap Rhœtée, près du *tumulus*. Au contraire, au delà de la rive gauche du Scamandre, le terrain sur lequel sont placés les trois *tumuli* est inégal, et une course de chars y serait très-difficile ou plutôt impossible.

Les chars, dit le poëte, partaient de devant les navires et se dirigeaient vers la plaine troyenne :

« .   .   .   .   « Οἱ δ' ὦκα διέπρησσον πεδίοιο,
« Νόσφι νεῶν, ταχέως[2]. » .   .   .   .   .   .

Ensuite ils retournaient de nouveau vers le rivage :

1. *Il.*, Ψ, 260-535.
2. *Il.*, Ψ, 364-365 et 464.

« Ἀλλ' ὅτε δὴ πύματον τέλεον δρόμον ὠκέες ἵπποι
« Ἀψ ἐφ' ἁλὸς πολιῆς[1]. » . . . .

Ces explications, jointes à celles qui plus
tard justifieront l'arrangement, indiqué sur
notre carte, des nations grecques sur le rivage
troyen, nous prouvent clairement que le tombeau de Patrocle fut élevé sur la pointe de
Rhœtée, et que c'est entre les collines, qui y
sont contiguës, et les vaisseaux d'Achille[2], que
furent célébrés les jeux. Les spectateurs de
l'hippodrome tournaient le dos à l'extrémité
gauche du camp. C'est du haut de ces collines
qu'Idoménée, assis en dehors de l'enceinte des
jeux, distingua le premier les chevaux de
Tydide revenant victorieux :

« Πρῶτος δ' Ἰδομενεὺς, Κρητῶν ἀγὸς, ἐφράσαθ' ἵππους.
« Ἧστο γὰρ ἐκτὸς ἀγῶνος ὑπέρτατος ἐν περιωπῇ[3]. »

1. *Il.*, Ψ, 373-374.
2. Voyez notre carte.
3. *Il.*, Ψ, 450-451.

DU HÊTRE ET DU FIGUIER.

Homère, pour mieux fixer la topographie
de la plaine troyenne, fait aussi mention de
deux arbres connus dans le pays à cause de
leur position, de leur grandeur ou de leur
beauté; telle la moderne Athènes avait, il y a
peu d'années, dans la rue d'Hermès, un très-
haut palmier. De ces deux arbres, le hêtre,
« φηγός, » était près des portes Scées; Hector,
venant du champ de bataille à la ville, arrive,
dit le poëte, aux portes Scées et au hêtre :

« Ἕκτωρ δ' ὡς Σκαιάς τε πύλας καὶ φηγὸν ἵκανεν [1]. »

C'est sur le hêtre que Minerve et Apollon
se posèrent sous la forme d'oiseaux pour regar-
der la *monomachie* d'Hector et d'Ajax [2]; sous le

1. *Il.*, Z, 347. Il eût fallu dire, pour suivre l'ordre des
lieux : « au hêtre et aux portes Scées. » C'est une *hystéro-
logie.*
2. *Il.*, H, 58-60.

même arbre on porte Sarpédon blessé dans la première bataille [1].

Apollon, dans la quatrième bataille, reste appuyé contre le hêtre pour observer et sauver Agénor poursuivi par Achille [2].

Sur notre carte, nous plaçons le hêtre à l'extrémité nord du village de *Bounarbachi*.

L'*érinéos*, ou figuier sauvage, était plus éloigné d'Ilion, vers les collines d'où s'échappent les Sources : « Les Troyens, dit Homère, impatients de gagner la ville, laissent de côté le tombeau d'Ilus, et, fuyant à travers la plaine, passent à côté de l'*érinéos* et arrivent aux portes Scées. »

« Οἱ δὲ παρ' Ἴλου σῆμα παλαιοῦ Δαρδανίδαο,
« Μέσσον κὰπ πεδίον, παρ' ἐρινεὸν ἐσσεύοντο,
« Ἱέμενοι πόλιος. . . . .
. . . .

1. *Il.*, E, 632-693.
2. *Il.*, Ψ, 547-549.

« Ἀλλ' ὅτε δὴ Σκαιάς τε πύλας καὶ φηγὸν ἵκοντο [1]. »

De même Hector et Achille, faisant le tour
de la ville, passent à côté de l'*érinéos :*

« Οἱ δὲ παρὰ σκοπιὴν καὶ ἐρινεὸν ἠνεμόεντα
« Τείχεος αἰὲν ὑπὲκ κατ' ἀμαξιτὸν ἐσσεύοντο [2]. »

1. *Il.*, Α, 166-170. Sur notre carte, nous inscrivons les
deux premiers vers sur la ligne ΚΛΛ', qui indique la fuite des
Troyens; on y voit en même temps l'*érinéos*. Alexandre de
Skepsis dit que le poëte entend « une plantation de figuiers, »
et prend pour l'*érinéos* les collines mêmes d'où sortent les
Sources. Il est vrai qu'encore aujourd'hui on y rencontre,
çà et là, des figuiers sauvages.

2. *Il.*, X, 145-146. Peut-être ici le poëte entend-il la colline même couverte de figuiers. D'autres disent que, dans ce
passage, il veut indiquer le hêtre.

CHAPITRE III.

DES ARMÉES.

Armée grecque. — Disposition des navires et des tentes. — Ouvrages défensifs devant le camp. — Objet spécial du *Catalogue*. Dénombrement des forces grecques. — Erreur du *Catalogue*. Division du camp en ailes et centre. — Du vers :

Στῆσε δ' ἄγων ἵν' Ἀθηναίων ἵσταντο φάλαγγες.

Armée troyenne. — Sa division. — Des adverbes ἐπιδέξια et ἐνδέξια. — Règle d'après laquelle Homère fixe les directions.

Nous avons étudié la plaine qui doit servir de champ de bataille, et nous en avons reconnu les divers accidents; nous passons maintenant à la description des deux armées, et nous commençons, avec Homère, par l'armée grecque.

Les Grecs, ayant débarqué sur le rivage de

8

l'Hellespont et repoussé les Troyens[1], tirent leurs vaisseaux à terre et s'établissent sur ce rivage, que nous avons déjà décrit. La plage, quoique assez large, ne pouvant pas contenir tous les navires sur une seule ligne, on les range, poupe en avant, sur plusieurs lignes, et l'on bâtit ensuite une muraille devant le premier rang du côté de la plaine.

« Les vaisseaux qui abordèrent les premiers furent traînés vers la plaine, et un mur fut élevé devant les poupes; car le rivage, malgré son étendue, ne pouvait contenir tous les navires: les troupes eussent été trop resserrées; les vaisseaux furent donc rangés en

1. La mort de Protésilas prouve que les Troyens attaquèrent les Grecs à leur débarquement :

. . . . . . « Τὸν δ' ἔκτανε Δάρδανος ἀνήρ,
« Νηὸς ἀποθρώσκοντα πολὺ πρώτιστον Ἀχαιῶν. »

(*Il.*, B, 701-702.)

ligne, et remplirent toute la plage comprise
entre les deux promontoires. »

  . . . . . « Τὰς γὰρ πρώτας πεδίονδε
« Εἴρυσαν, αὐτὰρ τεῖχος ἐπὶ πρύμνῃσιν ἔδειμαν.
« Οὐδὲ γὰρ οὐδ', εὐρύς περ ἐὼν, ἐδυνήσατο πάσας
« Αἰγιαλὸς νῆας χαδέειν· στείνοντο δὲ λαοί·
« Τῷ ῥα προκρόσσας ἔρυσαν, καὶ πλῆσαν ἁπάσης
« Ἠϊόνος στόμα μακρὸν, ὅσον συνεέργαθον ἄκραι [1]. »

Il n'est pas question de ce mur dans le
reste de l'*Iliade;* c'est la muraille construite
après la retraite d'Achille qui seule a un rôle
important dans la partie stratégique du poëme.
Homère nous montre ainsi que, protégés par
Achille, les Grecs n'avaient pas besoin d'ouvrages sérieux de défense, et par là il re-
hausse encore la valeur de son héros, dont
il fait le rempart de l'armée.

1. *Il.*, Ξ, 31-36. Ces vers sont inscrits, sur notre carte,
entre les deux promontoires de Sigée et de Rhœtée. Le mur
primitif est aussi marqué, en avant du camp grec, plus loin
que la muraille définitive.

L'étendue de la plage, de la *large bouche du rivage,* comme dit le poëte, est de 3,200 mètres environ. Le nombre des navires étant de 1,186, si nous supposons de 12 mètres l'espace occupé par chaque vaisseau, y compris les passages nécessaires à la circulation, nous trouvons que les navires auraient dû former quatre ou cinq rangs. Le poëte lui-même nous montre bien que les vaisseaux étaient placés sur plusieurs lignes, puisqu'il fait dire à Agamemnon qu'il y a dans le camp plusieurs chemins entre lesquels on peut s'égarer :

« Αὖθι μένειν, μήπως ἀϐροτάξομεν ἀλλήλοιϊν
« Ἐρχομένω· πολλαὶ γὰρ ἀνὰ στρατόν εἰσι κέλευθοι[1]. »

Les tentes étaient disposées parallèlement aux navires, tentes et navires se suivant en rangées successives. Cette symétrie est in-

---

1. *Il.,* K, 65-66. Dans l'*Iliade,* le mot « στρατός » désigne le camp grec.

diquée dans la troisième bataille, quand les Grecs, ayant été repoussés du premier rang des vaisseaux, s'arrêtent devant les tentes :

« Ἀργεῖοι δὲ νεῶν μὲν ἐχώρησαν καὶ ἀνάγκη
« Τῶν πρωτέων, αὐτοῦ δὲ παρὰ κλισίῃσιν ἔμειναν [1]. »

Après la colère d'Achille, Nestor, voyant croître l'audace des Troyens, conseilla aux Grecs, le soir même de la première bataille, de fortifier leur camp, en élevant une muraille avec des tours sur le front de la flotte, et en creusant un large fossé en dehors de la muraille ; ces travaux furent exécutés le lendemain, jour de trêve, après qu'on eut achevé le tombeau qui devait contenir les restes des guerriers morts la veille en combattant [2].

« Près du tombeau ils élevèrent une mu-

1. *Il.*, O, 655-656.
2. Voyez ces ouvrages défensifs marqués sur notre carte devant le camp grec.

raille avec de hautes tours, destinées à proté-
ger les navires et les troupes ; ils y pratiquè-
rent des portes solides pour le passage des
chars ; en dehors de la muraille, ils creusèrent
un fossé d'une profondeur, d'une largeur,
d'une étendue considérable, et y enfoncèrent
des palissades [1]. »

Pendant la troisième bataille, le poëte fait
mention des portes d'une tour, située à l'aile
gauche du camp, qui restaient ouvertes pour
donner passage aux combattants repoussés du
champ de bataille et forcés de se réfugier vers
les navires. C'est vers cette porte qu'Asios, fils
d'Hyrtace, poussa son char.

« Il s'avance, sur la gauche de la flotte,
vers le lieu même où les Grecs chassés de la
plaine dirigeaient leurs chars ; c'est là qu'il
conduit ses coursiers ; les portes ne sont rete-

1. *Il.*, н, 436-441.

nues ni par la lourde barrière ni par les ver-
rous ; des guerriers au contraire les tenaient
ouvertes pour sauver ceux de leurs compagnons qui du champ de bataille fuyaient vers
les vaisseaux. »

« Εἴσατο γὰρ νηῶν ἐπ' ἀριστερὰ, τῇπερ Ἀχαιοὶ
« Ἐκ πεδίου νίσσοντο σὺν ἵπποισιν καὶ ὄχεσφι·
« Τῇ ῥ' ἵππους τε καὶ ἅρμα διήλασεν, οὐδὲ πύλῃσιν
« Εὗρ' ἐπικεκλιμένας σανίδας καὶ μακρὸν ὀχῆα·
« Ἀλλ' ἀναπεπταμένας ἔχον ἀνέρες, εἴ τιν' ἑταίρων
« Ἐκ πολέμου φεύγοντα σαώσειαν μετὰ νῆας[1]. »

Le poëte nous dit bien, dans les deux premiers vers, que les Achéens se dirigeaient vers
cette partie du camp en revenant de la plaine.
Il paraît donc que de ce côté le chemin était
plus facile, ou bien le passage plus sûr à
cause du voisinage d'Achille.

C'est naturellement par la même tour que
Nestor pénètre dans le camp, lorsqu'il ramène

1. *Il.*, м, 118-123.

dans son char Machaon blessé et le conduit à sa propre tente [1].

L'orgueilleux fils de Thétis, voulant railler Agamemnon, parle de ces ouvrages défensifs aux ambassadeurs qui lui sont envoyés, se glorifiant de ce qu'ils étaient inutiles lorsque les Grecs étaient défendus par Achille [2]. Nous avons donc le droit de dire que la première muraille, construite après le débarquement, n'était pas un ouvrage sérieux de défense, mais une simple ligne de clôture entre le camp et la plaine. Cependant Thucydide ne parle que de cette dernière; il les confond donc, ou bien il prétend faire croire qu'Homère n'a imaginé la seconde que dans un intérêt de description ou de poésie [3].

---

1. *Il.*, A, 597-615. On reconnaît facilement, sur notre carte, la tour dont il est ici question. La ligne ponctuée NN' indique la marche de Nestor emportant Machaon du champ de bataille vers ses navires.

2. *Il.*, I, 348-355. — 3. *Thuc.*, livre Iᵉʳ, chap. XI.

Avant de retracer des faits militaires, les historiens décrivent, pour se faire mieux comprendre, les contrées et les camps qui en sont le théâtre ; de même Homère, notre premier historien, et que nous ne craindrons pas d'appeler aussi le père de la stratégie, nous fournit tous les éclaircissements nécessaires pour l'intelligence des batailles et des divers mouvements qui les précèdent ou les suivent. C'est surtout dans la description des deux armées que nous trouvons ces renseignements.

Ceux qui mirent en ordre les poëmes homériques appelèrent *Catalogue* cette description, dont assurément ils ne connaissaient pas toute la valeur. Même en y voyant un simple dénombrement, on y trouve un grand intérêt à cause des notions historiques et géographiques qu'elle contient; mais là n'est pas le plus grand intérêt du document. Il ne doit pas seulement servir à nous faire connaître le

nombre des navires et des nations , mais
aussi leur disposition stratégique, la place
qu'occupe chaque peuplade ou corps, la division de l'armée en ailes et en centre. Si l'on
n'a pas présentes à l'esprit toutes ces données
que nous fournit le *Catalogue*, les combats re-
tracés par le poëte paraissent imaginaires, et
les lieux où ils se passent ne peuvent pas se
déterminer.

En un mot, le *Catalogue* est le fidèle tableau
du camp grec sur l'Hellespont, tableau qu'Homère doit avoir eu continuellement sous les yeux
pendant qu'il composait son poëme. Sans un
pareil secours, aucune mémoire humaine n'aurait pu se rappeler le nombre et l'ordre relatif
des nations, des chefs, des navires, et leur impri-
mer, sans jamais s'égarer, tant de mouvements
si bien enchaînés, et s'appliquant si bien à la
topographie du pays. Nous ne tarderons pas à
être convaincus que l'ignorance du véritable

office du *Catalogue*, en nous dérobant cette harmonie, a été la cause principale de l'incertitude qui plane sur la topographie de la Troade
et même sur l'unité du poëme.

Il est vrai que le poëte-historien, pour
mieux rattacher cette description des armées à
l'ensemble de son récit, cherche à lui donner
l'apparence d'une revue qui précède le premier
combat. Mais, d'un autre côté, par le rapport
établi entre les autres batailles, la troisième surtout, et cette description; par l'introduction
dans le *Catalogue* du corps des Myrmidons, qui
cependant ne prit part qu'à la dernière bataille,
Homère nous fait comprendre qu'il entend
bien mettre sous nos yeux, avec la disposition
du camp des Grecs, la base de la plupart des
opérations militaires qu'il décrit.

Il en est de même pour l'armée troyenne
et l'importance respective de chacun de ses
corps.

Nous allons, avec le *Catalogue*, passer en revue sur la plage de l'Hellespont les nations grecques, et vérifier ensuite leur disposition par la lecture du poëme.

Le dénombrement et la description du camp grec commencent par les Béotiens, divisés en deux corps, dont le premier a cinq chefs et cinquante navires, le second deux chefs et trente navires[1]. « Pénélée, Léitos, Arcésilas, Prothoénor et Clonios commandent aux Béotiens... Ils ont cinquante vaisseaux et sur chacun d'eux sont montés cent vingt jeunes Béotiens... Les habitants d'Asplédon et d'Orchomène, ville de Minyas, sont commandés par Ascalaphe et Ialmène, fils de Mars : ils ont amené trente navires[2]. »

1. *Il.*, B, 494-516.
2. *Il.*, B, 517-526. On voit qu'Homère regarde comme Béotiens les habitants d'Asplédon et d'Orchomène, quoique

Le poëte nous montre ensuite immédiatement quelle face du camp occupaient les Béotiens, car il ajoute que « Schédios et Épi-
strophos commandaient les Phocéens, qui,
avec leurs quarante navires, *se rangèrent près
des Béotiens, à leur gauche.* »

« Αὐτὰρ Φωκήων Σχεδίος καὶ Ἐπίστροφος ἦρχον,

. . . .

« Τοῖς δ' ἅμα τεσσαράκοντα μέλαιναι νῆες ἕποντο.

. . . .

« Βοιωτῶν δ' ἔμπλην ἐπ' ἀριστερὰ θωρήσσοντο. »

Ce dernier vers prouve que la description
du camp se fait de la droite à la gauche, ou,
ce qui est la même chose, qu'elle commence
par l'aile droite ; les Béotiens occupent l'extrémité de cette aile, près de la rive droite du
Scamandre, ou, comme dit Homère, près du

formant une république distincte, un corps séparé : autrement, il n'eût pas pu dire que les Phocéens étaient à côté des
Béotiens.

promontoire de Sigée[1]. L'importance de l'aile
droite nous apparaîtra plus tard ; pour le moment, contentons-nous d'observer qu'Hérodote,
en décrivant l'armée grecque réunie à Platée,
commence aussi par l'aile droite, qu'occupaient
les Lacédémoniens, et finit par l'aile gauche,
que commandaient les Athéniens. Au sujet de
la rivalité des Tégéates et des Athéniens pour
le commandement de l'aile gauche, l'historien
nous explique la valeur relative des deux ailes
et la supériorité de la droite.

A gauche des Phocéens, le 4e corps, dans
l'ordre de bataille, est celui des Locriens avec
quarante navires. Le chef est Ajax fils d'Oïlée[2].

---

1. Voyez ce que nous avons dit en parlant du port ou
Naustathme. Voyez aussi notre carte; le vers :

« Βοιωτῶν δ' ἔμπλην ἐπ' ἀριστερὰ θωρήσσοντο, »

y est écrit sous les Phocéens.

2. *Il.*, B, 527-535. Que le lecteur suive sur notre carte la
disposition des troupes grecques; la première ligne des nom-
bres vers la plaine, de 1 à 29, indique l'ordre de chaque
corps; au-dessous viennent les noms des nations, avec le
nombre de leurs navires marqué au bas du camp.

Ici, nous avons à placer une observation d'une haute importance, et sur laquelle nous croyons que repose en grande partie l'intérêt de ce travail : nous pensons avoir reconnu que la cinquième place était occupée, non par les Eubéens, comme le dit le *Catalogue,* mais par les Phylacéens, et nous allons essayer de le démontrer.

Ceux qui firent la révision de l'*Iliade*, n'ayant pas compris le plan stratégique du poëme, mirent les Eubéens auprès des Locriens, trompés probablement par le vers suivant, destiné à expliquer de quels Locriens il s'agit, « des Locriens qui habitent au delà de l'Eubée sacrée : »

« Λοκρῶν οἳ ναίουσι πέρην ἱερῆς Εὐβοίης. »

Ils crurent que d'après ce vers il était naturel de placer les Eubéens à la suite des Locriens, et ne virent pas qu'ils se mettaient en contradiction avec l'ordre des combattants, tel qu'il résulte d'une assertion très-claire et très-célèbre de l'*Iliade* :

« Ἔνθ' ἔσαν Αἴαντός τε νέες καὶ Πρωτεσιλάου[1]. »

« Hector se tenait toujours à l'endroit où étaient les navires d'Ajax et de Protésilas. » Ce vers a souvent attiré l'attention des anciens et le scholiaste de l'édition vénitienne déclare positivement[2], comme nous l'avons déjà rappelé, qu'il faut entendre ici Ajax le Locrien, campé près de Protésilas[3] ; cependant, ne comprenant pas le plan général de l'*Iliade*, le critique n'a pas osé toucher au *Catalogue*, et faire une transposition devant laquelle nous croyons qu'il n'y a pas à reculer.

Mais quelle place faut-il donc assigner aux

1. *Il.*, N, 681.
2. Voyez page 5, note 1re.
3. Voyez l'édition Villoison, rhaps. N, vers 681.

Eubéens, quelle est exactement la position qu'ils occupaient dans le camp ? Il est difficile d'arriver à cette découverte par l'étude des mouvements militaires, à cause de la mort de leur chef Éléphénor, tué au commencement de la première bataille[1]. Mais nous y parviendrons en nous aidant de l'ordre géographique des nations dans le *Catalogue*, et de l'ordonnance du camp grec. Ma première pensée, après avoir reconnu que le corps de Phylacé devait être à côté de celui des Locriens, fut de reporter les Eubéens à la place occupée dans le *Catalogue* par le corps même de Phylacé[2], c'est-à-dire à la vingt-deuxième. Mais à peine avais-je tenté cet arrangement que je fus frappé d'une grave irrégularité géographique qui en

1. *Il.*, Γ, 463-470.
2. Il est probable que le nom de Phthiens, Φθία, donné par le poëte aux habitants de Phylacé, a frappé les critiques et les a déterminés à placer ce corps auprès de celui des Myrmidons, qui habitaient aussi la Phthiotide.

9

aurait été la conséquence : l'Eubée, étant une
île, avait sa place marquée à la suite des autres îles qui fournissent les dix-septième, dix-
huitième, dix-neuvième et vingtième corps du
Catalogue, et cependant elle se trouvait séparée
de ses sœurs par un peuple continental, l'Argos
pélasgique ; la conclusion était évidente. Il
fallait placer les Eubéens avant l'Argos pélasgique, à la suite des autres îles, au vingt-
unième rang; c'est ce que nous proposons.

L'ordre géographique suivi dans la rédac-
tion du *Catalogue* est bien évident. Le poëte,
après avoir classé en quatre groupes tous les
peuples qui prirent part à la guerre de Troie,
commence par le groupe situé, pour ainsi
dire, au centre de la Grèce. Les nations qui
le composent sont : les Béotiens (Asplédon et
Orchomène), les Phocéens, les Locriens, Phylacé. Le second groupe, qui se compose des
nations situées au sud-ouest du premier, com-

prend : Athènes, Salamine, Argos, Mycènes, Lacédémone, Pylos, l'Arcadie, Bufrase et l'Élide, Dulichion et les Échinades, Ithaque et enfin l'Étolie. Le troisième groupe comprend les pays situés au sud-est du précédent et se compose entièrement d'insulaires ; ce sont : les îles de Crète, de Rhodes, de Symé, de Nisyros, de Carpathos, de Casos, de Cos, et l'île d'Eubée. Le quatrième groupe comprend les nations situées au nord-ouest de l'île d'Eubée : l'Argos pélasgique (qui ferme pour ainsi dire le cercle géographique du *Catalogue*, à cause de son voisinage avec Phylacé, dernier corps du premier groupe), puis Phères, Méthone, Tricca, Ormène, Argisse, Cyphos, et enfin les Magnètes. Ainsi la correction que nous faisons subir au *Catalogue*, loin d'être en désaccord avec l'ordre géographique que suit le poëte, ne fait que le compléter.

Mais pour trouver la preuve la plus con-

vaincante de l'erreur que nous voulons recti-
fier, il faut examiner attentivement, dans la
description de la troisième bataille. ce qui se
rapporte à cette question.

Le poëte nous y raconte que les deux
corps de l'armée troyenne, celui d'Hector et
celui des Lyciens, après avoir franchi le fossé,
se sont dirigés vers la droite du camp grec,
ont abattu la muraille et ont pénétré jusqu'aux
navires [1]. Puis Homère passe au récit des événements qui ont lieu à l'aile gauche [2]. Il revient alors de nouveau à la droite, et rappelle
sur ce point toute notre attention, en nous
disant qu'Hector est toujours là où nous l'a-
vions laissé, au même endroit où on l'a vu
enfoncer les portes et escalader la muraille,

. . . . . « ἥ ταπρῶτα πύλας καὶ τεῖχος ἐσᾶλτο [3]. »

1. *Il.*, , 251. — M, 205.
2. *Il.*, N, 206-673.
3. *Il.*, N, 679.

Et, pour mieux préciser encore, il ajoute :

« Ἔνθ' ἔσαν Αἴαντός τε νέες καὶ Πρωτεσιλάου [1], »

« là où étaient les vaisseaux d'Ajax et de Protésilas. » Mais comment les vaisseaux phylacéens peuvent-ils se trouver ici, à l'aile droite,
à côté de ceux que commande un des Ajax,
puisque le *Catalogue* les place à côté des Myrmidons, à l'aile gauche? Il y a évidemment
une contradiction entre le *Catalogue* et ce vers.
Ou le *Catalogue* est fautif à cet endroit, ou
ou le vers est interpolé, et pour faire disparaître ce désaccord, le seul que nous rencon-
trions dans toute l'*Iliade*, il faut ou supprimer
le vers en question, ou transporter le corps de
Phylacé à l'aile droite. Mais la suite de la
bataille nous montre que l'erreur est bien dans
le *Catalogue*; car bientôt nous voyons Hector,
qui combat toujours à l'aile droite, saisir la

1 *Il.*, N, 681.

poupe du vaisseau de Protésilas, en criant qu'on y mette le feu ; de sorte que, même en éliminant le vers « ἔνθ' ἔσαν, etc., » la contradiction subsiste. Il faut donc en conclure que les Phylacéens sont mal placés dans le *Catalogue*, et doivent être reportés à l'aile droite.

Mais à quel endroit? Le poëte nous dit que les vaisseaux de Protésilas étaient près de ceux d'Ajax ; pour trouver la place exacte des Phylacéens, il suffit donc de découvrir quel est celui des deux Ajax dont veut parler Homère.

Or, il n'est pas difficile de démontrer qu'il s'agit d'Ajax le Locrien, et que par conséquent la troupe de Protésilas campait à côté des Locriens, à leur gauche, au cinquième rang. D'un côté, en effet, nous voyons qu'Ajax, fils de Télamon, défenseur de l'aile droite, occupait le septième poste ; de l'autre côté, l'ordre géographique suivi dans le *Catalogue* nous montre que le corps des Salaminiens, formant pour ainsi dire la ligne de démarcation entre les peuples du centre de la Grèce et ceux du Péloponèse, devait logiquement, nécessairement, se trouver après les Athéniens et devant le premier corps péloponésien, c'est-à-dire avoir à sa gauche les Argiens, comme le dit très-bien le *Catalogue*[1], et à sa droite les Athéniens. Ne remarquons-nous pas, en effet, que leur chef Ménesthée, de sa tour menacée par les Lyciens, voyait de près Teucer sortir de sa tente, et aurait pu se faire entendre de lui, si le tumulte n'eût pas été à son comble[2]? Or, Teucer est fils de Télamon, il est le frère du chef des Salaminiens et doit combattre dans les rangs de son armée.

Si donc Ajax fils de Télamon a pour voisins d'un côté les soldats d'Athènes et de l'autre ceux d'Argos, ce n'est pas près de lui que se

1. Voir notre carte.
2. *Il.*, M, 335-338

tenaient les troupes amenées par Protésilas, mais près d'Ajax fils d'Oïlée et chef des Locriens.

Ainsi, les Phylacéens occupent bien le cinquième poste dans le camp grec, et le *Catalogue* nous trompe en y plaçant les Eubéens, dont il n'est pas question un seul instant au milieu de toutes les alternatives de cette grande bataille, engagée à l'aile droite.

On trouvera peut-être que nous nous arrêtons bien longtemps sur la nécessité de cette transposition. Mais personne encore n'y a songé ou du moins n'a été assez hardi pour la proposer. C'est là, d'ailleurs, le point essentiel de notre travail ; une fois cette transposition admise, tous les mouvements stratégiques décrits dans l'*Iliade* s'expliquent et se précisent; les lieux où ils se passent se déterminent exactement. D'un autre côté, nous ne nous dissimulons pas que c'est chose grave que de toucher au texte d'Homère, et l'on ne saurait accumuler trop de preuves pour légitimer une innovation qui, au premier abord, doit inévitablement soulever les défiances du lecteur.

Après avoir donné les raisons qui nous paraissent directement justifier notre thèse, qu'il nous soit permis d'examiner maintenant les raisons de ceux qui défendent l'opinion contraire.

Parmi ceux-ci figure en première ligne M. de Choiseul-Gouffier. Il a entrepris de défendre l'exactitude du *Catalogue* contre le fameux vers :

« Ἔνθ' ἔσαν Αἴαντός τε νέες καὶ Πρωτεσιλάου. »

Nous allons analyser son argumentation, et montrer comment, pour soutenir sa cause, il a dû recourir à une interprétation évidemment erronée de plusieurs passages de l'*Iliade*.

Le premier de ces passages est celui où le

poëte raconte l'attaque des Myrmidons contre les Troyens, alors qu'Achille, à l'aspect de l'ennemi victorieux, surmonte son ressentiment, et envoie ses guerriers combattre sous les ordres de Patrocle. Selon M. de Choiseul, les Myrmidons, au moment où, sortant de leurs navires, ils fondent en masse sur les Troyens[1], se trouveraient tout d'abord devant le vaisseau de Protésilas, incendié en ce moment par les Troyens. Mais ce n'est pas là ce que nous lisons dans Homère.

Cette simultanéité que M. de Choiseul semble établir entre le départ et l'arrivée des Myrmidons n'existe pas chez le poëte. Ne voit-on pas, en effet, qu'Achille ne parle aux Myrmidons qu'après les avoir rangés en bataille,

1.   Ἐκ νηῶν ἐχέοντο Μυρμιδόνες. .   .   .   .   .   .
      .   .   .   .
      Ἐν δ' ἔπεσον Τρώεσσιν ἀολλέες. .   .   .   .   .
                                    (*Il.*, п, 267-276.)

c'est-à-dire quand ils sont prêts à se mettre en marche [1]? C'est donc immédiatement après la harangue du fils de Pélée que les Myrmidons partent, et ils sont en marche pendant qu'Achille fait ses libations et ses vœux à Jupiter [2]. Le poëte lui-même le dit après avoir décrit les libations : « *Et cependant, ceux qui s'étaient armés avec le magnanime Patrocle marchaient en ordre jusqu'au moment où, pleins d'orgueil et de fierté, ils se précipitent sur les Troyens.* »

« Οἱ δ' ἅμα Πατρόκλῳ μεγαλήτορι θωρηχθέντες
« Ἔστιχον, ὄφρ' ἐν Τρωσὶ μέγα φρονέοντες ὄρουσαν [3]. »

Enfin Homère nous fait comprendre comment les Myrmidons, après avoir marché le long du rivage pour dérober leurs mouvements à l'ennemi, parvenus en face du poste attaqué, entrent dans le camp grec par les

1. *Il.*, II, 198-199.
2. *Il.*, II, 212-256.
3. *Il.*, II, 257-258.

chemins qui mènent du rivage à la plaine, et
semblables à des guêpes excitées par un impru-
dent voyageur se ruent sur l'ennemi[1] *en débouchant des lignes successives des navires,* « ἐκ νηῶν
ἐχέοντο[2]. » M. de Choiseul, dominé par l'idée
que le navire de Protésilas était voisin des Myrmidons, croit qu'ici le poëte, par l'expression
« ἐκ νηῶν ἐχέοντο, » montre les Myrmidons s'élançant de leurs propres navires, après s'être
armés. Mais d'abord Homère aurait dit plutôt « ἐκ κλισιῶν » ou « κλισίηθεν, » puisque
souvent il nous fait voir que les Grecs gar-
daient leurs armes dans leurs tentes; ce n'est
pas sur leurs vaisseaux, mais dans leurs tentes
qu'Idoménée, Mérion, Teucer, vont chercher
de nouveaux javelots; en outre, les verbes

1. *Il.,* п. 259-267.

2. Sur notre carte, la marche des Myrmidons est indiquée par la ligne XX'; à X' ils s'arrêtent et pénètrent dans le
camp pour marcher au vaisseau de Protésilas.

ἐξεχέοντο, ἐχέοντο, s'expliqueraient difficilement par l'action de descendre du haut des navires.

Mais, d'ailleurs, qu'est-il besoin de discuter ? Le texte d'Homère est formel. Dès le commencement du récit, il nous a montré Achille parcourant les tentes, faisant prendre les armes aux Myrmidons, passant en revue et animant au combat leurs rangs serrés les uns contre les autres[1]. Depuis ce moment, ils ne sont pas rentrés dans leurs navires.

Une autre raison, suivant M. de Choiseul, pour admettre que les vaisseaux de Protésilas se trouvaient près de ceux d'Achille, est la réponse du héros aux ambassadeurs qui viennent implorer son secours : « Je ne songerai pas à la guerre sanglante avant que le divin Hector n'arrive jusqu'aux tentes et aux navires des Myrmidons[2]. » Or, Achille s'est ému en voyant

1. *Il.*, ɪɪ, 155-211.
2. *Il.*, ɪ, 650-653.

la fumée s'échapper de la flotte[1] ; donc les navires livrés aux flammes devaient être tout près de ceux d'Achille. — Mais il est évident que la parole d'Achille a été une simple menace, qu'il n'a nullement voulu accomplir à la lettre.

Nous avons même le droit de dire, connaissant le caractère d'Achille, qu'à défaut de patriotisme, son orgueil ne lui aurait pas permis de laisser les Troyens triompher sous ses yeux, à quelques pas de lui, conduits par Hector son rival. Bien plus, Homère ne nous représente pas le fils de Priam comme assez hardi lui-même pour s'approcher si près d'Achille, et braver, en quelque sorte, le lion dans son antre.

Lorsque plus tard Patrocle arrive en pleurant devant Achille, celui-ci s'étonne et lui demande la cause de sa douleur. A-t-il reçu de Phthie quelque funeste message? ou bien déplore-t-il le sort des Argiens qui succombent

1. *Il.*, II, 127.

devant les navires? Le calme avec lequel Achille
prononce ces paroles montre assez que le héros
ne voyait à ses côtés aucun danger imminent.
De son côté, Patrocle, qui s'est éloigné d'Eurypyle au moment où les Troyens escaladaient la
muraille, ne dit rien du péril qui en ce moment menace la flotte ; il raconte seulement
les échecs subis dans la plaine par ses compagnons d'armes ; tous les héros dont il cite les
noms ont été blessés avant l'attaque des vaisseaux [1]. Mais si le corps de Phylacé avait été
le vingt-deuxième, comme le prétend le *Catalogue*, Patrocle, venant de la tente d'Eurypyle,
qui occupe le vingt-sixième poste, aurait vu le
danger qui menaçait le vaisseau de Protésilas,
et son premier soin eût été d'en avertir Achille,
pour triompher plus vite de sa colère et obte-
nir ses armes. La réponse d'Achille vient encore appuyer notre opinion sur le rang qu'il

1. *Il.*, II, 20-29.

faut donner au corps de Phylacé : « Oublions le
passé, dit-il, aussi bien mon courroux ne doit
pas être éternel : *je m'étais promis de ne renon-
cer à ma colère que lorsque la bataille et les cris
de guerre arriveraient à mes vaisseaux;* revêts
néanmoins tes épaules de mes armes terribles
et conduis au combat mes impatients Myrmidons[1]. » Ainsi, le fils de Thétis nous avertit
lui-même qu'il ne tient pas sa parole, et que
son ressentiment s'apaise avant que l'ennemi
soit arrivé à ses vaisseaux. Il est encore sen-
sible au souvenir de l'offense reçue ; mais il
s'afflige aussi du malheur de ses compagnons,
et se laisse vaincre par l'amour de la gloire et
de l'honneur qui lui sont réservés, si Patrocle
triomphe avec ses armes. Son étonnement
même, à l'aspect de la fumée, nous prouve que
ses vaisseaux étaient assez loin des vaisseaux
de Protésilas, autrement il aurait contemplé

1. *Il.*, II, 60-65.

toutes les phases de la lutte, il aurait vu le feu
dévorer déjà le navire, il aurait reconnu son
rival, Hector, à la tête des vainqueurs, et il se
serait élancé contre lui. Enfin, quelque fût son
respect pour les immortels, quelque désir qu'il
eût d'animer toujours par ses paroles le courage de ses soldats, il n'eût pas songé à faire
des libations à Jupiter, à tenir un discours aux
Myrmidons, si le vaisseau qui brûlait eût été
si proche du sien.

Revenons maintenant à la description du
camp grec. Auprès du corps des Phylacéens
se rangent celui des Athéniens, le sixième,
celui des Salaminiens, le septième, jusqu'à
ce que nous arrivions ainsi à celui des Magnètes, le vingt-neuvième. L'armée grecque
se composait donc de vingt-neuf corps, commandés par quarante-six chefs; dans ce nombre sont compris Philoctète, abandonné à Lem-

10

nos, et Protésilas, tué en débarquant sur la terre ennemie.

Lorsque le poëte nous dit que les navires des Béotiens portaient chacun cent vingt hommes, et ceux de Philoctète seulement cinquante, on peut croire qu'il choisit à dessein un maximum et un minimum. Si nous prenons la moyenne, qui est quatre-vingt-cinq, et si nous multiplions par ce chiffre la somme totale des navires, nous trouvons que toute l'armée grecque, y compris les rois et les chefs, était de cent dix mille hommes environ, c'est-à-dire égale à celle que la Grèce réunit plus tard à Platée. Dès cette époque reculée, la Grèce était donc déjà riche et peuplée. Selon Aristarque, l'armée grecque se composait de cent quarante-deux mille trois cent vingt hommes. D'autres ne la font monter qu'à cent vingt mille [1].

Examinons à présent les nations rangées

1. Voyez Eustathius à la rhapsodie B.

le long du rivage, et rappelons-nous d'abord
qu'Agamemnon, pendant la seconde bataille,
et Iris, au commencement de la troisième,
voulant haranguer les Grecs, s'arrêtent, dit
le poëte, sur le large et noir vaisseau d'Ulysse,
au centre du camp, pour se faire entendre à
la fois et du côté d'Ajax fils de Télamon et
du côté d'Achille. Ceux-ci, en effet, confiants
dans leur vaillance et dans la force de leurs
bras, avaient placé leurs navires aux deux
extrémités du camp.

« Στῆ δ' ἐπ' Ὀδυσσῆος μεγακήτεϊ νηΐ μελαίνῃ,
« Ἥ ῥ' ἐν μεσσάτῳ ἔσκε, γεγωνέμεν ἀμφοτέρωσε·
« Ἠμὲν ἐπ' Αἴαντος κλισίης Τελαμωνιάδαο,
« Ἠδ' ἐπ' Ἀχιλλῆος· τοί ῥ' ἔσχατα νῆας ἐΐσας
« Εἴρυσαν, ἠνορέῃ πίσυνοι καὶ κάρτεϊ χειρῶν¹. »

Appliquons ces vers sur notre carte, et nous
verrons à l'instant la division du camp en ailes
et centre :

1° Le nombre total des corps d'armée étant

1. *Il.*, Θ, 222-226 et Λ, 5-9.

de vingt-neuf, le corps d'Ithaque, au milieu
duquel doit naturellement se trouver le vaisseau d'Ulysse, est effectivement au milieu du
camp, puisque, en partant d'une extrémité
comme de l'autre, il vient le quinzième avec
quatorze corps de chaque côté;

2° Ajax le Télamonien et Achille, les deux
plus vaillants des Grecs, campent, nous dit
le poëte, aux deux côtés. Nous voyons, en effet,
sur notre liste, d'une part, à droite, le corps
d'Ajax au septième rang, et de l'autre côté, à
gauche, celui d'Achille au vingt-deuxième. Les
corps d'Ajax et d'Achille sont donc placés chacun à mi-chemin du centre et de l'une des
extrémités du camp. En effet, à droite, depuis
les Béotiens jusqu'aux Salaminiens inclusive-
ment, nous comptons sept corps, et sept autres
entre les Salaminiens et le corps d'Ithaque; à
partir de ce dernier, en commençant par les
Étoliens jusqu'à l'Argos pélasgique ou corps

d'Achille, nous en comptons sept autres, et de nouveau sept autres à partir du corps d'A-chille, des Phéréens aux Magnètes; en tout, vingt-neuf.

Toutefois, malgré cette symétrie mathé-matique que nous venons d'observer dans la division du camp grec, l'inégalité stratégique des ailes est évidente. Suivant la coutume de l'époque, l'aile droite est l'aile principale; elle est commandée par Ajax, le plus fort des héros grecs; auprès de lui, à gauche, est Diomède (corps VIII), puis le stratarque Agamemnon (corps IX), puis Ménélas (corps X). De l'autre côté, à droite d'Ajax, nous voyons Ménesthée (corps VI) et Ajax le Locrien (corps IV), tous deux illustres par leur valeur. L'aile gauche, il est vrai, est commandée par Achille, mais c'est le seul chef illustre parmi tous ceux qui sont rangés autour de lui. Ni Eumélus (corps XXIII), ni Médon (corps XXIV), à sa gauche, ni

Éléphénor (corps xxi), ni Phidippus, ni Antiphus (corps xx), à sa droite, ne comptent
parmi les grands héros de l'*Iliade*. Il n'est pas
difficile de deviner ici l'intention du poëte : en
faisant d'Achille le seul défenseur de l'aile
gauche, il a relevé encore la gloire de son
héros; en le plaçant à l'aile droite parmi tant
de braves et près du généralissime, il aurait
affaibli le prestige qu'il voulait attacher à la
personne du fils de Thétis [1].

Enfin nous voyons que le centre était occupé par les plus sages, Ulysse, Nestor à sa
droite (corps xi), Thoas [2] et Idoménée à sa
gauche (corps xvi et xvii). Là se tenait l'agora,
là se rendait la justice, là s'élevaient les autels.

« Ἀλλ' ὅτε δὴ κατὰ νῆας 'Οδυσσῆος θείοιο

---

1. Cette disposition, d'ailleurs, peut bien être historique;
elle répond bien aux sentiments d'Achille comme à ceux de
toute l'armée grecque.

2. Sur la prudence de Thoas, voir *Il.*, O, 281-85.

« Ἷξε θέων Πάτροκλος, ἵνα σφ' ἀγορή τε θέμις τε
« Ἦην, τῇ δὴ καί σφι θεῶν ἐτετεύχατο βωμοί[1]. »

« Mais lorsque, dans sa course, Patrocle arrive devant les vaisseaux du divin Ulysse, où se tiennent les assemblées et se rend la justice, où l'on a élevé des autels aux dieux... »

C'est ce qu'indique aussi le passage où le faon tombe des serres de l'aigle au pied du magnifique autel de Jupiter, après la harangue prononcée par Agamemnon, du haut du vaisseau d'Ulysse[2].

Il devient donc évident que le *Catalogue* paraît n'avoir subi aucune altération quant au nombre des nations grecques qui prirent part à la guerre de Troie; tel devait être, en effet, le camp grec, telle sa disposition.

Cherchons maintenant quelle était sa superficie. La largeur du port, depuis Sigée jusqu'au

1. *Il.*, Λ, 806-808.
2. *Il.*, Θ, 245-252.

cap Rhœtée, est d'environ 3,200 mètres; telle était donc aussi la largeur du camp, puisque *toute la bouche du rivage était remplie de vaisseaux.* Si le tombeau commun existait encore, il nous en aurait indiqué la profondeur, puisque nous savons que ce *tumulus* fut érigé sur le front du camp, non loin des navires. Aristarque dit que le camp grec, de la mer à la muraille, occupait cinq stades, c'est-à-dire près de 1,000 mètres. Le *tumulus* que M. de Choiseul-Gouffier vit près du village de *Cum-Kioï*, en 1787, et qu'il désigne comme le tombeau commun des Achéens, aurait été juste à cette distance de la mer au temps de la guerre de Troie. Car *Cum-Kioï* se trouve à 4,000 mètres environ du rivage actuel, et en ôtant de ce nombre 3,000 mètres pour l'atterrissement produit durant les trois mille ans qui nous séparent de cette époque, il ne reste que 1,000 mètres. Telle était par conséquent la profondeur du camp;

multipliée par la largeur, 3,200 mètres, elle
forme un parallélogramme de 3,200,000 mètres carrés. Selon Nicanor, un espace d'un
plèthre séparait les navires de la muraille,
mais nous ignorons de quelle muraille veut
parler le scholiaste. S'agit-il de celle qui fut
construite après le débarquement, ou de
celle qu'on éleva après la première bataille [1]?
Quant à l'espace compris entre la muraille et
le fossé, le poëte nous dit seulement qu'il était
étroit, ou du moins peu commode pour y cir-
culer en char.

Avant d'en finir avec le dénombrement de
l'armée grecque, il est nécessaire d'ajouter
quelques mots au sujet d'un vers que nous
rencontrons dans le *Catalogue* :

« Ajax, dit le poëte, avait amené douze vaisseaux de Salamine. Il les rangea là où se tenaient les phalanges athéniennes. »

1. Eustathius, rhaps. Ⅴ, vers 358.

« Αἴας δ' ἐκ Σαλαμῖνος ἄγεν δυοκαίδεκα νῆας,
« Στῆσε δ' ἄγων ἵν' Ἀθηναίων ἵσταντο φάλαγγες[1]. »

Sans nous arrêter au premier vers, où quelques critiques anciens ont prétendu qu'il fallait remplacer δυοκαίδεκα par τρισκαίδεκα, nous parlerons du second, devenu fameux dans l'antiquité, à l'occasion du débat qui s'éleva entre les Athéniens et les Mégariens pour la possession de Salamine. On disait que Pisistrate, ou bien Solon, avait intercalé ce vers dans le *Catalogue,* pour prouver que l'île avait toujours appartenu aux Athéniens. Strabon nous a transmis les arguments des critiques qui rejetaient ce vers, et rien ne démontre mieux leur ignorance relativement à la valeur du *Catalogue* et à l'ordonnance stratégique du poëme. « Aujourd'hui, dit le géographe[2], les Athéniens « occupent Salamine, mais anciennement la

1. *Il.*, B, 557-558.
2. Strabon. Géogr., liv. IX. ch. I, § 10.

« possession de l'île leur fut contestée par les
« Mégariens, et l'on prétend que Pisistrate ou
« Solon aurait frauduleusement inséré dans le
« *Catalogue* des vaisseaux après le vers :

« Αἴας δ' ἐκ Σαλαμῖνος ἄγεν δυοκαίδεκα νῆας,

« le suivant :

« Στῆσε δ' ἄγων ἵν' Ἀθηναίων ἵσταντο φάλαγγες,

« voulant établir, par le témoignage du poëte,
« que dès le principe l'île avait appartenu aux
« Athéniens. Les critiques prétendent rejeter
« ce vers comme inconciliable avec d'autres
« passages de l'*Iliade*. En effet, disent-ils, Ajax
« n'est-il pas à l'extrémité du camp, non avec
« les Athéniens, mais avec Protésilas?

« Ἔνθ' ἔσαν Αἴαντός τε νέες καὶ Πρωτεσιλάου [1].

1. *Il.*, N, 681.

« Dans la revue, Agamemnon ne trouve-t-il pas
« à côté de Ménesthée et des Athéniens, Ulysse
« et les Céphalléniens?

« Εὗρ' υἱὸν Πετεῶο, Μενεσθῆα πλήξιππον,
« Ἑσταότ' · ἀμφὶ δ' Ἀθηναῖοι, μήστωρες ἀϋτῆς ·
« Αὐτὰρ ὁ πλησίον ἑστήκει πολύμητις Ὀδυσσεύς ·
« Πὰρ δὲ Κεφαλλήνων ἀμφὶ στίχες[1] . . . . »

Or, suivant les critiques mentionnés par
Strabon, si l'on s'en rapporte au vers : Στῆσε
δ' ἄγων, etc., nous devrions ici trouver près des
Athéniens les Salaminiens d'Ajax fils de Télamon, et non les Céphalléniens d'Ulysse.

Plus loin, dans ce même récit de la revue,
Homère nous dit que, après avoir rencontré
Idoménée, Agamemnon arrive aux Ajax : « ἦλθε
δ' ἐπ' Αἴαντεσσι[2]. » C'est donc Idoménée qui se
trouvait auprès de ceux-ci, et non Ménesthée
et les Athéniens.

1. *Il.*, Δ, 327-330.
2. *Il.*, Δ, 255-273.

A ces objections voici notre réponse. Nous avons vu précédemment qu'Homère, dans le *Catalogue,* nous donne la clef de l'ordonnance du camp grec sur le rivage de l'Hellespont[1]; il nous apprend que tous les corps se placèrent successivement à la gauche les uns des autres. Donc le seul vers :

« Αἴας δ' ἐκ Σαλαμῖνος ἄγεν δυοκαίδεκα νῆας, »

venant, dans l'énumération, après le corps des Athéniens, suffit pour nous montrer que les Salaminiens se placèrent à côté d'eux et à leur gauche; le vers suivant :

« Στῆσε δ' ἄγων ἵν' Ἀθηναίων ἵσταντο φάλαγγες, »

est donc une explication superflue ; c'est comme tel que nous le rejetons, et non parce qu'il donnerait aux Salaminiens une place qui ne leur appartiendrait pas. Les critiques pen-

1. Voyez ci-dessus, p. 125.

saient, en l'éliminant, éloigner les vaisseaux
salaminiens des phalanges athéniennes, et ils
croyaient avoir Homère pour eux, puisqu'il
place, comme nous l'avons vu, les uns près des
autres, les vaisseaux d'Ajax et ceux de Protésilas[1]. Ils n'avaient pas compris qu'il s'agit,
comme nous l'avons dit, d'Ajax le Locrien.

Pour ce qui est du voisinage d'Idoménée et
des Ajax dans la revue, il faut nous rappeler
que le *Catalogue* nous montre les nations grecques rangées selon l'ordre fixe qu'elles occupent dans le camp, tandis que la revue a lieu
sous les murs de la ville, alors que les divers
corps changent de place selon les nécessités du
moment et la conformation du terrain. L'objection des critiques supposerait non-seulement
que l'armée en bataille est rangée dans le
même ordre que sur le rivage, mais aussi

1. *Il.*, Δ, 223-418.

qu'Agamemnon suit une direction régulière;
or le poëte nous dit précisément qu'Agamemnon allait d'un corps à l'autre sans ordre,
et rencontrait par hasard telle ou telle troupe[1].

« Ὣς εἰπὼν, τοὺς μὲν λίπεν αὐτοῦ, βῆ δὲ μετ' ἄλλους.
« Ἔνθ' ὅγε Νέστορ' ἔτετμε. . . . . . . »

DE L'ARMÉE TROYENNE.

Nous savons qu'ordinairement les Troyens
rentraient dans la ville après chaque combat et qu'ils n'avaient pas établi de camp dans
la plaine. Mais le poëte, voulant nous faire connaître les peuples qui défendaient Ilion et leur
importance relative, en trouve l'occasion lorsqu'Iris, sous les traits de Politès, ayant an-
noncé les mouvements des Grecs, les Troyens
se rangent en bataille sur la colline de Batïa[2].

1. *Il.*, Δ, 292-293.
2. *Il.*, B, 786-815. On trouvera indiquée sur notre carte
cette colline dont nous avons déjà parlé.

Leur disposition est semblable à celle des Grecs,
avec cette seule différence qu'on ne distingue
ici que deux divisions, l'aile droite et l'aile
gauche. L'énumération commence par l'aile
droite. Les Troyens, proprement dits, forment
le premier corps, les Dardaniens le second, les
Lyciens le seizième et dernier[1]. On reconnaît
immédiatement l'importance de l'aile droite.
Hector, le plus brave de l'armée, stratarque
et héritier du trône, commande cette aile
comme chef du premier corps ; à côté de lui
se trouvent les chefs les plus renommés, Énée,
Archéloque, Pandarus. Sarpédon et Glaucus,
presque égaux en valeur au fils de Priam,
commandent l'aile gauche, étant chefs du seizième corps ; parmi les défenseurs de l'aile
gauche, ce sont les seuls qui méritent d'être

1. *Il.* B, 816-877. A cause du peu d'étendue de la carte,
nous n'avons pas pu dessiner l'arrangement stratégique des
Troyens sur la colline de Batïa, mais nous avons indiqué
cet arrangement au bas de la carte, à gauche.

cités; les Cariens, les Méoniens, qui se trouvent auprès d'eux, ne nous sont connus que par leur luxe et leur mollesse.

Homère nous fait souvent remarquer dans l'*Iliade* la supériorité des Lyciens et de leurs chefs, qui sont d'origine grecque, sur les autres alliés de Priam. Il suit la même idée dans le *Catalogue,* en les constituant principaux défenseurs de l'aile gauche; là leur prééminence est manifeste, comme celle d'Achille à la gauche de l'armée grecque.

Les seize corps de l'armée troyenne ont pour les commander vingt-sept chefs. Le corps des Troyens, proprement dits, est composé de 10,000 hommes environ ; Agamemnon a le droit de dire qu'ils sont plus de dix fois moins nombreux que les Grecs [1]; toutefois, avec les alliés, l'armée s'élevait à 50,000 combattants.

1. *Il.*, B, 123-130.

11

« Χίλι' ἄρ' ἐν πεδίῳ πυρὰ καίετο · πὰρ δὲ ἑκάστῳ
« Εἴατο πεντήκοντα σέλᾳ πυρὸς αἰθομένοιο [1]. »

« Mille feux étaient allumés dans la plaine,
et près de chacun d'eux cinquante guerriers
étaient assis à la clarté de la flamme. »

On a souvent demandé pourquoi Ennomus
et Amphimaque, que le *Catalogue* nous dit être
tombés sous le fer d'Achille, lorsqu'il précipita
les Troyens dans le Scamandre, ne sont pas
mentionnés dans la description des batailles :
la réponse à cette question ne me semble pas
difficile ; ce n'étaient probablement que des
hommes efféminés, semblables à ce Nirée, le
plus beau des Grecs, dont il n'est pas question
une seule fois dans le récit des combats. Quant
à Rhésus, Iphidamas et Astéropée, trois chefs
de corps qui se sont distingués dans les batailles, s'ils ne sont pas nommés dans le

---

1. *Il.*, Θ, 562-563.

Catalogue, c'est qu'ils n'étaient pas encore arrivés en Troade à l'ouverture des hostilités[1].

DE L'ADVERBE ἐνδέξια OU ἐπιδέξια.

Nous ne pouvons nous engager dans l'examen des mouvements militaires sans parler de
l'adverbe ἐνδέξια ou ἐπιδέξια, auquel on attribue
à tort un sens de *direction* en le traduisant « à
la droite, ou par la droite, » ce qui, dans certains passages, pourrait rendre inintelligibles
les positions ou les mouvements stratégiques
dont nous allons nous occuper. Ainsi, au livre
A, vers 597-98, on traduit généralement :
« Aussitôt Vulcain, *en commençant par la droite,*
verse à tous les autres dieux le doux nectar,
qu'il puise dans une urne profonde. »

« Αὐτὰρ ὁ τοῖς ἄλλοισι θεοῖς ἐνδέξια πᾶσιν
« Ὠνοχόει γλυκὺ νέκταρ ἀπὸ κρητῆρος ἀφύσσων[2]. »

1. *Il.*, K, 435-436; A, 221-230; Φ, 152-160.
2. Voir les commentateurs grecs.

Et plus loin, au livre H, vers 183, « un héraut prend le sort, et, parcourant la foule *en commençant par la droite,* le présente aux chefs des Achéens [1]. »

. . . « Κῆρυξ δὲ φέρων ἀν' ὅμιλον ἀπάντη,
« Δεῖζ' ἐνδέξια πᾶσιν ἀριστήεσσιν Ἀχαιῶν. »

Et dans l'*Odyssée,* livre P, vers 365, « Ulysse demande l'aumône à chacun des prétendants *en commençant par la droite[2].* »

« Βῆ δ' ἴμεν αἰτήσων ἐνδέξια φῶτα ἔκαστον. »

Mais dans ces exemples, l'adverbe ἐνδέξια et son synonyme ἐπιδέξια signifient simplement avec adresse, avec art, avec grâce, c'est-à-dire qu'il est l'équivalent du mot français « adroitement. » Ainsi nous traduirons : « Vulcain versait le vin et le présentait aux dieux adroi-

1. Traduction de M. Giguet.
2. Voyez M. Gladstone. M. Giguet traduit : à la ronde.

tement. » Homère lui-même nous aide à le comprendre ainsi, en se servant dans une circonstance semblable du mot ἐπισταδόν qui répond au mot latin *perite :*

> . . . « Ποντόνοος δὲ μελίφρονα οἶνον ἐκίρνα ,
> « Νώμησεν δ' ἄρα πᾶσιν ἐπισταδόν [1]. »   . . .

Nous dirons également : « Le héraut montre, avec l'adresse dont il fait profession, le sort, le bulletin sorti du casque en se portant partout dans la foule, « ἀν' ὅμιλον ἀπάντη » où les chefs étaient dispersés. De même Ulysse doit demander l'aumône, avec l'art d'un vrai mendiant, sous peine d'éveiller les soupçons, βῆ δ' ἵμεν αἰτήσων ἐνδέξια... comme l'indique le vers suivant : « Tendant partout la main comme ferait un vieux mendiant. »

> « Πάντοσε χεῖρ' ὀρέγων, ὡς εἰ πτωχὸς πάλαι εἴη. »

[1]. *Odys.*, Ν, 53-54.

Nous rappellerons aussi qu'Homère prend toujours pour base de son orientation le camp grec, sans doute parce que c'était là une position invariable, arrêtée une fois pour toutes. N'était-il pas naturel d'ailleurs que le poëte se transportât toujours par la pensée au milieu de ses concitoyens? Ainsi, dans la rhapsodie м, Homère, racontant à l'avance la mort d'Asios, nous dit : « La Parque sinistre l'enveloppa, tandis qu'il se *dirigeait vers la gauche de la flotte*[1], » au lieu de mettre simplement, « tandis qu'il se dirigeait à droite; » car, Asios se trouvant en face des navires, la gauche de la flotte grecque était à sa droite.

Donc les expressions ἐπιδέξια, à droite, ἐπ' ἀριστερά, à gauche, μάχης ἐπ' ἀριστερά, à la gauche

1. *Il.*, м, 116-118. La direction prise par Asios est indiquée sur notre carte par la ligne rouge м′ м″, vers la gauche du camp grec.

de la bataille, et d'autres encore, sont toujours entendues relativement à la position du camp grec, alors même qu'elles s'appliquent aux positions et aux mouvements des Troyens. Aujourd'hui il est d'usage de déterminer les directions des mouvements militaires de deux armées en se référant, pour chacune d'elles, à sa position propre. Ainsi, ce qui est la droite par rapport à l'une devient la gauche par rapport à l'autre, et *vice versâ*. Homère, au contraire, n'a dans tous les cas qu'une seule et même base, la ligne des Grecs, et c'est selon cette base que toujours il s'oriente, qu'il s'agisse des Grecs ou des Troyens.

Il n'y a donc pas lieu de s'étonner si ceux qui ont ignoré cette règle homérique ont trouvé dans l'*Iliade* de prétendues contradictions, et si, pour les concilier, ils sont tombés dans des difficultés et des erreurs inextricables. C'est ainsi que M. de Choiseul-Gouffier,

n'ayant pas suffisamment fixé son attention
sur ce vers du *Catalogue* :

« Βοιωτῶν δ' ἔμπλην ἐπ' ἀριστερὰ θωρήσσοντο, »

vers précieux, qui nous sert de clef dans l'ordonnance du camp grec, divise l'armée en
quatre parties, donne à chaque partie une aile
droite et une aile gauche, et enfin, pour sortir
du chaos où il se débat vainement, déclare
que les expressions ἐπ' ἀριστερὰ στρατοῦ, μάχης ἐπ'
ἀριστερά, indiquent la partie occidentale du camp
grec, par conséquent son aile droite placée à
l'ouest, près du cap Sigée. Or, ces expressions,
prises dans leur sens naturel, désignent au
contraire la gauche des Grecs et de leur
camp.

M. Gladstone, adoptant à peu près les
mêmes opinions, trouve des contradictions
dans la description des mouvements militaires
de l'*Iliade*, et pense qu'il n'y a ni ordre, ni

division stratégique dans le *Catalogue* ou dans
le reste du poëme. Si l'illustre écrivain veut
bien accorder quelque attention aux observa-
tions qui précèdent, nous osons espérer
qu'elles le feront incliner à un jugement
moins sévère.

Tels sont les prolégomènes dont il nous
semblait nécessaire de faire précéder la description des batailles que raconte l'*Iliade*. Sa-
chant quelle est la composition et l'ordonnance
des armées, quels sont les accidents de la
plaine qui les sépare, nous allons maintenant
étudier de près les mouvements des différents
corps et des principaux guerriers, et voir avec
quelle exactitude ils se conforment aux prin-
cipes que nous avons établis.

CHAPITRE IV.

DES MOUVEMENTS MILITAIRES DE L'ILIADE.

Première bataille. — Enlèvement des morts et construction des ouvrages défensifs devant le camp grec. — Seconde bataille. — Événements de la nuit : une garde est établie à l'aile gauche. — Ambassade à Achille. — Exploration du camp troyen. — Troisième bataille. — Quatrième bataille. — Funérailles de Patrocle et jeux en son honneur. — Funérailles d'Hector.

PREMIÈRE BATAILLE[1].

Trompé par les promesses du songe que lui a envoyé Jupiter, Agamemnon prend le sceptre et fait convoquer l'armée par les hérauts ; cependant lui-même réunit le conseil des gé-

---

1. Elle commence au 48e vers de la rhapsodie B et finit au 312e de la rhapsodie H. Les points extrêmes sont indiqués sur notre carte par la ligne AB. Les citations relatives à cette bataille sont précédées d'une virgule.

rontes auprès du vaisseau de Nestor, et leur
annonce qu'il va, pour éprouver les Grecs,
ordonner le départ. On sait comment l'éloquence d'Ulysse, en dépit de Thersite, ranime
dans tous les cœurs l'amour des combats et de
la gloire. Les troupes se dispersent et vont
prendre le repas du matin; Agamemnon invite
à sa table les plus illustres des chefs. Puis
l'armée se prépare et se répand dans la
plaine :

« Ὡς τῶν ἔθνεα πολλὰ νεῶν ἄπο καὶ κλισιάων
« Ἐς πεδίον προχέοντο Σκαμάνδριον [1]. . . »

De leur côté, les Troyens, avertis par Iris
que les Grecs se dirigeaient vers la ville, se
rangent en ordre sur la colline Batïa, et marchent contre les Grecs.

La rencontre a lieu près de A, non loin
de la ville; car Hélène peut distinguer, du

1. *Il.*, B, 464-465.

haut des murs de Troie, les chefs de l'armée ennemie, et les dépeindre à Priam. Le poëte prépare merveilleusement cette rencontre sous Ilion ; pendant qu'Iris avertit Hector, pendant que les Troyens courent aux armes et sortent de la ville pour se ranger en bataille, les Grecs ont le temps d'arriver près d'Ilion. Après le combat singulier de Pâris et de Menélas, la trahison de Pandarus, qui blesse Ménélas, amène un combat général. Les Troyens s'avancent contre les Grecs ; Agamemnon parcourt les rangs de son armée, et ranime les courages.

« Αὐτὰρ ὁ πεζὸς ἐὼν ἐπεπωλεῖτο στίχας ἀνδρῶν. »

La bataille s'engage[1]. Après quelques instants d'une mêlée terrible, où de nombreuses victimes tombent de part et d'autre, l'impétuosité d'Ulysse, qui veut venger Leucos, force

1. *Il.*, Δ, 222-456.

les Troyens à reculer. Les Grecs se précipitent
en avant[1]. Aussitôt Apollon, qui assistait à la
lutte du haut de Pergame, encourage les
Troyens de la voix :

. . . . . . « Νεμέσησε δ' Ἀπόλλων,
« Περγάμου ἐκ κατιδών, Τρώεσσι δὲ κέκλετ' ἀΰσας[2]. »

La bataille se rétablit. Le massacre continue. C'est alors que Minerve « remplit Diomède
de force et d'audace, » puis, entraînant Mars,
le retient sur les bords du Scamandre.

« Ὣς εἰποῦσα, μάχης ἐξήγαγε θοῦρον Ἄρηα·
« Τὸν μὲν ἔπειτα καθεῖσεν ἐπ' ἠϊόεντι Σκαμάνδρῳ[3]. »

Ces vers, rapprochés d'un autre passage,
nous permettent de fixer l'endroit de la plaine
où se livre le combat. En effet, aux vers 355
et 356 du même livre, Homère nous dit que

1. *Il.*, Δ, 457-507.
2. *Il.*, Δ, 507-508. Ces vers sont inscrits sur l'emplacement de Pergame, dans notre carte.
3. *Il.*, E, 35-37.

Vénus rencontre Mars à la gauche de la bataille.

« Εὗρεν ἔπειτα μάχης ἐπ' ἀριστερὰ θοῦρον Ἄρηα
« Ἥμενον [1]. .   .   .   . »

Or, le dieu était assis près du Scamandre.
Le fleuve se trouve donc à la gauche de la
bataille, c'est-à-dire de l'armée grecque; et
comme nous avons dit que les Grecs étaient
arrivés assez près de la ville, le théâtre de la
lutte se trouve ainsi déterminé. Après le départ de Mars, les fils de Danaüs font fléchir les
Troyens. Les exploits d'Agamemnon, de Ménélas, et surtout de Diomède, jettent l'épouvante dans les rangs ennemis. La blessure
faite par le trait de Pandarus n'arrête pas le
fils de Tydée. Pandarus tombe sous ses coups,
et Vénus, blessée par lui en voulant sauver

1. Ces vers et le 35ᵉ sont inscrits sur notre carte, le long
du Scamandre, en rouge.

Énée, quitte le champ de bataille. A ce moment, Mars, pressé par Apollon de revenir au
combat, accourt et ranime l'ardeur de chaque
guerrier troyen. Jusqu'alors les Grecs, ayant
l'avantage, avançaient toujours vers Ilion ;
mais, après le retour de Mars, les phalanges
troyennes se retournent et font face aux
Grecs; ceux-ci restent inébranlables, mais
n'avancent plus. La mêlée devient terrible.
Bientôt, accompagné par le formidable dieu
de la guerre, Hector marche contre Diomède
pour venger les Troyens tombés en si grand
nombre sous la lance du favori de Minerve. A
la vue de Mars, le fils de Tydée recule, et ses
troupes avec lui, mais le front toujours tourné
contre l'ennemi. Dès lors ce sont les Troyens
qui marchent en avant. Après avoir tué Amphius, Ajax lui-même est forcé de reculer.

« Ἀργεῖοι δ' ὑπ' Ἄρηϊ καὶ Ἕκτορι χαλκοκορυστῇ
« Οὔτε ποτὲ προτρέποντο μελαινάων ἐπὶ νηῶν,

« Οὔτε ποτ' ἀντεφέροντο μάχῃ, ἀλλ' αἰὲν ὀπίσσω
« Χάζονθ'[1].   .   .   .   .   »

C'est la seconde phase de la bataille[2]. Minerve et Junon descendent alors de l'Olympe, détellent leur char au confluent du Simoïs et du Scamandre, et s'avancent vers les Grecs.

« 'Αλλ' ὅτε δὴ Τροίην ἶξον, ποταμώ τε ῥέοντε,
« Ἧχι ῥοὰς Σιμόεις συμβάλλετον ἠδὲ Σκάμανδρος,
« Ἔνθ' ἵππους ἔστησε θεὰ λευκώλενος Ἥρη,

.   .   .   .

« Αἱ δὲ βάτην, τρήρωσι πελειάσιν ἴθμαθ' ὁμοῖαι[3]. »

Le combat n'est donc pas éloigné du confluent des deux fleuves, et les Grecs n'ont cédé que pas à pas. Minerve monte sur le char de

1. *Il.*, E, 699-702.
2. Sarpédon, blessé par Tlépolème, est porté par les Troyens sous le hêtre de Jupiter, qui était auprès des portes Scées. La bataille ne se livre donc pas loin de la ville ; grâce à ces alternatives, elle se poursuit toujours à peu près dans le même espace.
3. *Il.*, E, 773-779. Cette halte des déesses nous montre que les deux fleuves sont bien ceux que nous indiquons. Voir notre carte.

Diomède, et, saisissant les rênes, dirige les coursiers vers l'endroit de la mêlée où Mars signale sa présence. Le dieu de la guerre, blessé par Diomède, quitte le champ de bataille ; Junon et Minerve remontent aussi dans l'Olympe. La lutte se resserre entre les rives du Scamandre et du Simoïs,

« Μεσσηγὺς Σιμόεντος ἰδὲ Ξάνθοιο ῥοάων [1]. »

Les Grecs ont repris l'avantage et font de nouveau reculer les Troyens. Ils allaient même les forcer à rentrer dans Ilion,

« Ἔνθα κεν αὖτε Τρῶες ἀρηϊφίλων ὑπ' Ἀχαιῶν
« Ἴλιον εἰσανέβησαν, ἀναλκείῃσι δαμέντες [2], »

mais Hector, excité par Hélénus, s'élance de son char, ranime le courage de ses soldats, et

---

1. *Il.*, z, 1-4. Il est presque inutile d'attirer l'attention sur les rapports si faciles à établir entre la topographie, telle que nous l'avons décrite, et les mouvements qui remplissent cette bataille.

2. *Il.*, z, 73-75.

rallume un combat terrible. Les Troyens font volte-face, ils s'opposent aux Grecs, qui reculent et cessent le carnage.

Nous n'avons pas à nous occuper des deux épisodes qui remplissent le reste du livre, dialogue de Glaucus et de Diomède, entretien d'Hector et d'Andromaque ; ils ne rentrent pas dans notre sujet, et d'ailleurs la critique en a suffisamment expliqué les beautés.

Après avoir rétabli le combat, Hector s'était rendu à Troie pour ordonner un sacrifice en l'honneur de Minerve, afin que la déesse repoussât des murailles le fils de Tydée (ce qui prouve bien, soit dit en passant, qu'après l'arrivée de Minerve les Grecs avaient repris leur marche en avant). Au début du livre VII, nous retrouvons Hector reparaissant accompagné de Pâris devant les Troyens impatients de le revoir. Les Grecs, décimés par la lance du fils de Priam, reculent devant lui.

C'est alors que Minerve, accourant à leur secours, rencontre Apollon près du hêtre. Pour
mettre fin à cette lutte indécise, les deux
divinités amènent un combat singulier entre
Hector et Ajax. Les Grecs ayant perdu du
terrain, ce fut probablement vers le milieu de
la ligne AB que ce combat eut lieu, tandis
qu'Apollon et Minerve, sous la forme de deux
vautours, contemplaient du haut du hêtre la
lutte de leurs protégés. Les Troyens retournent
alors dans Ilion, les Grecs à leurs tentes[1].

Il n'y a donc ni vainqueurs ni vaincus.
Mais lorsqu'au milieu des alternatives de la
lutte, Homère nous dit que les Troyens reprennent le dessus, il nous les montre toujours faisant volte-face contre les ennemis qui
les poursuivent; ce qui prouve qu'ils avaient
d'abord tourné le dos. Au contraire, lorsque

1. *Il.*, H, 17-312.

les Grecs perdent l'avantage, il nous les montre toujours ne reculant que pas à pas, et faisant face aux Troyens. Là encore le patriotisme inspire le poëte.

Le combat singulier de Ménélas et de Pàris s'était livré aux approches de la ville, et les premiers incidents de la bataille générale s'étaient passés à peu près dans le même endroit. Mais après l'arrivée de Mars, la mêlée s'était étendue jusqu'au Simoïs. A en juger d'après les paroles de Nestor, ce fut sur les bords du Scamandre que le combat fut le plus sanglant. En effet, Nestor, conseillant d'enlever les morts dès l'aurore suivante, ajoute : « Plusieurs des Achéens à la belle chevelure ont péri; immolés par le farouche Mars, ils ont mêlé leur sang noir aux flots limpides du Scamandre. »

« Πολλοὶ γὰρ τεθνᾶσι καρηκομόωντες Ἀχαιοί,

« Τῶν νῦν αἷμα κελαινὸν ἐΰρροον ἀμφὶ Σκάμανδρον
« Ἐσκέδασ᾽ ὀξὺς Ἄρης[1].   .   .   .   .   .   .   »

On verra, en effet, si l'on regarde notre carte, que ce fleuve était bien au milieu du champ de bataille. Dans cette première journée, dix-huit guerriers périrent du côté des Grecs, parmi lesquels trois rois ou chefs nommés dans le *Catalogue* : Éléphénor, du vingt et unième corps, Diorès, fils d'Amaryncée, du treizième, et Tlépolème, du dix-huitième. Les Troyens perdirent trente-huit des leurs, dont cinq figurent parmi les chefs nommés dans le *Catalogue*, Piroüs et Acamas, du septième corps, Odius, du onzième, Pandarus, du troisième, et Amphius, du quatrième. Le chef des Paphlagoniens, tué par Ménélas (E, 576-77), Pylémène, était un chef de second ordre, et ne comptait pas parmi les rois désignés dans le *Catalogue;*

1. *Il.*, H, 328-330.

il ne faut pas le confondre avec un roi du même nom que nous verrons plus tard pleurer sur le cadavre de son fils, tué dans la troisième bataille [1]. C'est ainsi que, pour les deux Schédius, le poëte dit en parlant de celui du *Catalogue* : πολέσσ' ἄνδρεσσιν ἀνάσσων, « qui *régnait* sur un peuple nombreux [2] ; » lorsqu'il s'agit de celui qui n'était que chef de second ordre, il ajoute seulement ἀρχὸν Φωκήων, chef des Phocéens [3].

Le lendemain du combat, Idéus vient de la part des Troyens apporter aux Grecs des propositions de paix, ou demander au moins une trêve afin que de part et d'autre on puisse rendre aux morts les derniers devoirs. Les Grecs consentent seulement à la trêve ; Idéus retourne à Troie. Les Grecs ramassent alors les cadavres de leurs guerriers, et, après leur avoir

1. *Il.*, N, 643-658. — 2. *Il.*, P, 308.
3. *Il.*, O, 516.

élevé un *tumulus*, non loin des navires, con-
struisent une muraille et des tours devant le
camp, creusent un fossé en dehors de la muraille et y plantent des palissades.

« Τύμβον δ' ἀμφ' αὐτὴν ἕνα ποίεον ἐξαγαγόντες,
« Ἄκριτον ἐκ πεδίου· ποτὶ δ' αὐτὸν τεῖχος ἔδειμαν,
« Πύργους θ' ὑψηλοὺς, εἶλαρ νηῶν τε καὶ αὐτῶν.

. . . .
. . . .

« Ἔκτοσθεν δὲ βαθεῖαν ἐπ' αὐτῷ τάφρον ὄρυξαν,
« Εὐρεῖαν, μεγάλην· ἐν δὲ σκόλοπας κατέπηξαν[1]. »

Les morts des Grecs furent brûlés entre la
muraille et les navires, comme Nestor l'avait
conseillé : « Nous les brûlerons en face de la
flotte, non loin des navires. »

. . . . . . « Ἀτὰρ κατακήομεν αὐτοὺς
« Τυτθὸν ἀποπρὸ νεῶν. . . . . . . »

Quant aux morts des Troyens, le poëte ne

1. *Il.*, Η, 433-441. Voyez le *tumulus* ou tombeau commun
des Grecs et ces ouvrages défensifs sur notre carte devant
le camp grec.

dit pas où ils furent ensevelis. Cependant, comme nous l'avons déjà expliqué, il y a bien des probabilités pour que l'endroit où M. Calvart trouva des monceaux d'ossements ait servi à l'inhumation des Troyens tombés devant la ville, entre le Simoïs et le Scamandre.

SECONDE BATAILLE[1].

La trêve ne dure qu'un jour. Le lendemain, les deux armées se rencontrent de nouveau dans la plaine troyenne, probablement à mi-chemin d'Ilion et du camp grec, puisque toutes deux se sont simultanément mises en mouvement, l'une de la ville, l'autre de l'Hellespont. Jusqu'à midi, la lutte est indécise. Mais « quand le soleil est au milieu des cieux, »

1. Elle commence au 1er et finit au 488e vers de la rhapsodie Θ. Elle est représentée sur notre carte par la ligne ΓΔ. Les vers qui s'y rapportent sont précédés sur notre carte de deux virgules.

Jupiter, obéissant aux destins, lance sa foudre au sein de l'armée grecque, qui, saisie d'épouvante, cesse de résister. La valeur de Diomède allait rétablir le combat, lorsque la foudre vient sillonner la terre devant ses chevaux. Le fils de Tydée, la rage dans le cœur, cède aux volontés de Jupiter, et fuit devant Hector. Les Troyens vainqueurs avancent presque jusqu'au fossé [1]. Les Grecs le franchissent et fuient vers les navires [2] :

« Τῶν δ' ὅσον ἐκ νηῶν ἀπὸ πύργου τάφρος ἔεργε,
« Πλῆθεν ὁμῶς ἵππων τε καὶ ἀνδρῶν. . . »

« Tout l'espace compris entre le fossé, depuis la tour jusqu'aux navires, est rempli de chevaux et de guerriers [3]. »

Agamemnon, voyant le danger, accourt au centre du camp et harangue les Grecs du haut

1. Voir le point Δ sur notre carte.
2. Voir la ligne ΔΔ'.
3. *Il.*, Θ, 213-215.

du vaisseau d'Ulysse, pour se faire entendre à
la fois des deux côtés du camp, occupés,
comme nous l'avons dit, l'un par Ajax fils de
Télamon, l'autre par Achille[1]. En même temps,
un faon est jeté par l'oiseau de Jupiter sur
l'autel où les Grecs sacrifiaient. Les Grecs reviennent alors contre les Troyens (ligne Δ'E).
Diomède le premier repasse le fossé, et derrière
lui viennent les Atrides, les Ajax, Idoménée,
Teucer; les Troyens tombent en grand nombre
sous les flèches de ce dernier, jusqu'à ce qu'il
soit blessé lui-même par Hector, et emporté
par ses compagnons jusqu'aux navires. Alors
les Troyens reprennent l'avantage et repoussent encore les Grecs jusqu'au fossé; ceux-ci le
franchissent de nouveau et regagnent leur
flotte (ligne EΔ'). La nuit vient arrêter les vainqueurs ; ils se retirent (ligne rouge EZ). Le

1. *Il.*, Θ, 222-225.

combat cesse. Dans cette seconde bataille, douze Troyens ont péri ; parmi les Grecs, Teucer seul a été blessé.

ÉVÉNEMENTS DE LA NUIT APRÈS LA BATAILLE [1].

« L'illustre Hector rassemble les Troyens loin des vaisseaux, sur les bords du fleuve impétueux, en un lieu que n'a pas souillé le sang des morts. »

« Τρώων αὖτ' ἀγορὴν ποιήσατο φαίδιμος Ἕκτωρ,
« Νόσφι νεῶν ἀγαγὼν ποταμῷ ἔπι δινήεντι,
« Ἐν καθαρῷ, ὅθι δὴ νεκύων διεφαίνετο χῶρος [2]. »

C'est-à-dire un peu au delà de l'endroit où le combat et le carnage commencèrent (en Γ), mais toujours en deçà de la rivière, puisque

1. Depuis le vers 489 de la rhapsodie Θ jusqu'à la fin.
2. *Il.*, Θ, 489-491. Le camp où les Troyens s'établirent pendant la nuit était situé à peu près vers zz'. Le poëte dit, en parlant de la partie qui regarde l'est, πρὸς θύμβρης, et de celle qui regarde l'ouest, πρὸς ἁλός. Voir notre carte.

le poëte dit que les feux allumés par les Troyens brillaient entre le Scamandre et les navires :

« Τόσσα μεσηγὺ νεῶν ἠδὲ Ξάνθοιο ῥοάων,
« Τρώων καιόντων, πυρὰ φαίνετο Ἰλιόθι πρό[1]. »

De son côté, Agamemnon, accablé de douleurs, convoque les Grecs, et, sur la proposition de Nestor, une forte garde est placée entre la muraille et le fossé :

« Κὰδ' δὲ μέσον τάφρου καὶ τείχεος ἷζον ἐόντες[2]. »

Les chefs de cette garde sont au nombre de sept : Thrasymède, Ascalaphe, Ialmène, Mérion, Apharée, Déïpyre et Lycomède ; chacun d'eux avait sous ses ordres cent guerriers[3].

Cette garde fut installée au delà du centre, vers l'aile gauche, probablement en face du

1. *Il.*, Θ, 560-561.
2. *Il.*, I, 1-87.
3. *Il.*, I, 80-86.

dix-neuvième ou vingtième corps, non loin du point qui avait été attaqué dans la journée, en deçà du fossé, comme le prouve le passage du dixième chant, où Nestor, après avoir félicité les gardes de leur vigilance, traverse le fossé, entraînant avec lui les rois convoqués au conseil.

« Τάφρον δ' ἐκδιαβάντες ὀρυκτὴν, ἐδριόωντο
« Ἐν καθαρῷ, ὅθι δὴ νεκύων διεφαίνετο χῶρος
« Πιπτόντων· ὅθεν αὖτις ἀπετράπετ' ὄβριμος Ἕκτωρ,
« Ὀλλὺς Ἀργείους, ὅτε δὴ περὶ νὺξ ἐκάλυψεν [1]. »

Δ étant le point d'où Hector donna le signal de la retraite à la tombée de la nuit, c'est à peu près vers Θ que se tient le conseil ; les gardes se trouvent placés vis-à-vis des dix-neuvième et vingtième corps. Nous les verrons du reste combattre à l'aile gauche pendant la bataille du lendemain ; et il est très-naturel qu'ils aient gardé le poste qu'ils occupaient la nuit.

1. *Il.*, K, 198-202.

Après le conseil, Agamemnon réunit les
gérontes sous sa tente : Nestor y propose d'envoyer une ambassade à Achille. On sait que,
malgré l'éloquence d'Ulysse, les ambassadeurs
reviennent sans avoir rien obtenu de l'orgueilleux fils de Thétis[1].

Pendant que les autres Grecs goûtent les
douceurs du sommeil, Agamemnon demeure
éveillé sur sa couche, en proie aux plus cui-
sants soucis. Il voit les feux des Troyens et
entend le bruit de leurs flûtes et de leurs trom-
pettes. Ceux qui ne se sont pas rendu compte
de la configuration des lieux et de la disposition
du camp grec, ne s'expliquent pas comment
Agamemnon pouvait voir de son lit les feux des
Troyens. Mais ce lit était placé dans la tente
ou sur la poupe de son vaisseau, et la plupart
des chefs avaient leur tente et leur vaisseau au

1. *Il.*, I, 186-713.

premier rang vers la plaine. On réservait aux blessés, comme nous le verrons dans la troisième bataille, les tentes les plus rapprochées du rivage ; seuls, les guerriers qui, comme le vieux Nestor, avaient à se défier sinon de leur courage, au moins de leurs forces, occupaient aussi le bord de l'Hellespont[1].

Cependant Agamemnon, fatigué d'appeler en vain le sommeil, se lève pour aller trouver Nestor, le plus sage des Grecs ; Ménélas arrive au moment où son frère est occupé à revêtir ses armes, près de la poupe de son vaisseau :

« Τὸν δ' εὗρ' ἀμφ' ὤμοισι τιθήμενον ἔντεα καλὰ,
« Νηῒ πάρα πρύμνῃ[2] . . . . »

Agamemnon confie ses craintes à Ménélas

1. Voir la troisième bataille.
2. *Il.*, κ, 34, 35. Nous avons dit, en décrivant le camp grec, que les poupes des vaisseaux étaient tournées vers la plaine.

et lui dit : « Va trouver Ajax et Idoménée, qu'ils
viennent à l'endroit où est posté le bataillon
sacré des gardes; pour moi, je vais chez
Nestor l'engager à se lever. »

    .   .   « Ἴθι νῦν, Αἴαντα καὶ Ἰδομενῆα κάλεσσον,
« Ῥίμφα θέων ἐπὶ νῆας· ἐγὼ δ' ἐπὶ Νέστορα δῖον
« Εἶμι, καὶ ὀτρυνέω ἀναστήμεναι, αἴ κ' ἐθέλησιν
« Ἐλθεῖν ἐς φυλάκων ἱερὸν τέλος[1].   .   .   »

Ménélas ne comprend pas ce que lui demande son frère. « Dois-je revenir vers toi, lui
dit-il, ou t'attendre à l'endroit indiqué, avec
Ajax et Idoménée? — Reste au rendez-vous, reprend Agamemnon, de peur que nous ne nous
égarions en nous cherchant : car les chemins
qui traversent le camp sont nombreux. »

« Αὖθι μένειν, μήπως ἀβροτάξομεν ἀλλήλοϊν
« Ἐρχομένω· πολλαὶ γὰρ ἀνὰ στρατόν εἰσι κέλευθοι[2].»

1. *Il.*, K, 53-56.
2. *Il.*, K, 57-66.

Suivons donc avec attention la marche des chefs qui sont invités à se réunir au poste des gardes. Après le départ de Ménélas, Agamemnon se rend chez Nestor (corps xi); il va avec Nestor chez Ulysse (corps xv); puis tous trois vont trouver Diomède (corps viii), qu'ils envoient chez Ajax le Locrien (corps iv), et chez Mégès (corps xiv).

On peut voir sur notre carte que ces deux derniers chefs campaient à une grande distance l'un de l'autre; voilà pourquoi Nestor en envoyant vers eux Diomède : « *Va*, lui dit-il, *car tu es plus jeune.* »

« Ἀλλ' ἴθι νῦν, Αἴαντα ταχὺν καὶ Φυλέος υἱὸν
« Ἄνστησον, σὺ γάρ ἐσσι νεώτερος, εἴ μ' ἐλεαίρεις[1]. »

Nestor, ignorant que Ménélas avait été envoyé vers Ajax fils de Télamon et vers Idoménée, conseille à Agamemnon de les faire

1. *Il.*, K, 67-177.

prévenir, car, ajoute-t-il, leurs navires sont
très-loin les uns des autres.

> « Ἀλλ' εἴ τις καὶ τούσδε μετοιχόμενος καλέσειεν,
> « Ἀντίθεόν τ' Αἴαντα καὶ Ἰδομενῆα ἄνακτα·
> « Τῶν γὰρ νῆες ἔασιν ἑκαστάτω, οὐδὲ μάλ' ἐγγύς[1]. »

En effet, le corps d'Ajax fils de Télamon,
étant le septième, se trouve à une grande distance du corps des Crétois, qui est le dix-
septième[2].

Nous rencontrons ici une nouvelle preuve
qu'Homère a continuellement sous les yeux la
disposition du camp grec. Le corps d'Ajax le
Télamonien étant plus éloigné du rendez-vous
que celui d'Idoménée, Agamemnon a dit à Ménélas d'éveiller d'abord Ajax, puis Idoménée,
qui se trouvait plus près du poste des gardes.

> « Ἀλλ' ἴθι νῦν, Αἴαντα καὶ Ἰδομενῆα κάλεσσον. »

1. *Il.*, Κ, 111-113.
2. Suivre cette marche sur notre carte.

De même, le fils de Tydée reçoit l'ordre de
se rendre auprès d'Ajax le Locrien (corps IV),
et ensuite auprès de Mégès (corps XIV), plus
rapproché du rendez-vous général.

« ’Αλλ’ ἴθι νῦν Αἴαντα ταχὺν καὶ Φυλέος υἱὸν
« ῎Ανστησον. . . . . . . »

Mais, dira-t-on, pourquoi Agamemnon n'é-
veille-t-il pas d'abord Diomède, dont les vaisseaux étaient à sa droite? Pourquoi Ménélas
n'a-t-il pas éveillé Mégès en allant trouver
Idoménée? En voici, selon nous, la raison.
Après la retraite d'Achille, bien des chefs se
sont détournés d'Agamemnon, qu'ils accu-
saient d'être la cause des malheurs présents :
le roi doit donc s'adresser d'abord à quelque
ami dont il connaisse la sagesse et la fidélité.
Or, l'armée tout entière admire et respecte
Nestor, et Nestor est un des partisans les plus
dévoués du stratarque. Le vieillard se lève en

effet avec empressement, comprenant les an-
goisses d'Agamemnon, et propose lui-même
d'aller éveiller les autres. Celui qu'ils vont
trouver ensuite est Ulysse, dont la prudence et
le dévouement à la cause des Atrides sont
bien connus du roi[1]. C'est ainsi que Ménélas
a d'abord été envoyé vers Ajax et Idoménée,
qui ont été de tout temps fidèles à Agamemnon ; encore lui est-il bien recommandé d'être
affable avec ceux qu'il va réveiller :

« Φθέγγεο δ', ἦ κεν ἴησθα, καὶ ἐγρήγορθαι ἄνωχθι,
« Πατρόθεν ἐκ γενεῆς ὀνομάζων ἄνδρα ἕκαστον,
« Πάντας κυδαίνων· μηδὲ μεγαλίζεο θυμῷ[2]. »

D'ailleurs, Ménélas, ne pouvant prévoir
quelle serait l'opinion de Nestor, se contente
d'exécuter les ordres de son frère.

Grâce à ces combinaisons, les chefs sont
réunis plus vite, et le roi, qui a besoin de

1. *Il.*, κ, 137-140.
2. *Il.*, κ. 67-69.

l'aide des plus fidèles et des plus sages, s'a-
vance accompagné de Nestor et Ulysse, dont il
peut entendre, chemin faisant, les conseils
prudents. Arrivés au rendez-vous, les chefs
trouvent les gardes surveillant avec vigilance
les mouvements de l'ennemi; ils emmènent
avec eux Mérion et Thrasymède, deux chefs
des gardes, traversent le fossé, et tiennent
conseil non loin des morts et de l'endroit
d'où partit Hector à la tombée de la nuit [1].

Nestor propose alors de faire explorer le
camp des Troyens ; Diomède et Ulysse se pré-
sentent, et partent. A peine sont-ils en route
que Minerve leur envoie un augure favorable.

C'est ici l'occasion de réfuter l'erreur de
ceux qui prétendent que, pour observer un
augure, il fallait être tourné vers le nord, et
que l'augure favorable ($\delta\epsilon\xi\iota\delta\varsigma$) était celui qui
se dirigeait de l'ouest à l'est.

1. C'est-à-dire aux environs de Θ, non loin de Δ.

Dans le cas présent, Ulysse et Diomède marchent vers le sud, et l'obscurité ne leur permet pas de distinguer quelle direction suit l'oiseau, mais ils entendent son cri, et remarquent qu'il vient de leur droite; cela suffit à ranimer leur courage et à les convaincre que la déesse veille sur eux.

« Τοῖσι δὲ δεξιὸν ἧκεν ἐρωδιὸν ἐγγὺς ὁδοῖο
« Παλλὰς Ἀθηναίη · τοὶ δ' οὐκ ἴδον ὀφθαλμοῖσι
« Νύκτα δι' ὀρφναίην, ἀλλὰ κλάγξαντος ἄκουσαν [1]. »

Diomède et Ulysse partent donc du point Θ, où fut tenu le conseil, et, semblables à deux lions, marchent au milieu des ténèbres, à travers le carnage, les morts, les armes et le sang.

« Βάν ῥ' ἴμεν, ὥστε λέοντε δύω, διὰ νύκτα μέλαιναν,
« Ἀμ φόνον, ἂν νέκυας, διά τ' ἔντεα καὶ μέλαν αἷμα [2]. »

1. *Il.*, K., 274-276.
2. *Il.*, K., 297-298. Voir notre carte.

En effet, c'est vers cet endroit qu'eut lieu le
terrible massacre que la nuit seule put arrêter. Dolon venait en même temps du camp
troyen pour explorer le camp grec. Diomède
et Ulysse l'arrêtent vers le point désigné par
la lettre ɪ dans notre carte[1]. Ils apprennent
alors qu'Hector tenait conseil près du tombeau
d'Ilus[2], et s'informent des positions occupées
par les divers corps troyens. Dolon, à qui
Ulysse cherche à inspirer du courage et
moins d'attachement à la vie, répond à toutes
leurs questions. Pour mieux préciser ses renseignements, il dit que les Cariens, les Péoniens, les Lelèges, les Caucones et les Pelasges
étaient placés du côté de la mer, πρὸς ἁλός, en-

1. La ligne Θ ɪ ɪ' indique leur marche.
2. *Il.*, Κ, 341-416. La ligne rouge ΖΗ indique la marche
d'Hector vers le tombeau d'Ilus pour tenir conseil avec les
gérontes : près du tombeau nous inscrivons en rouge le vers
suivant :

« Βουλὰς βουλεύει θείου παρὰ σήματι Ἴλου. »

tendant par ces mots la mer Égée; les Lyciens,
Mysiens, Phrygiens et Méoniens, du côté de
Thymbré, πρὸς Θύμβρης, c'est-à-dire à l'opposé[1].

Le traître est, comme on sait, mal payé de
sa trahison. Après l'avoir tué, les deux héros
se dirigent vers le poste des Thraces, situé à
peu près au point ɪ′, tuent Rhésus, prennent
ses chevaux et reviennent à l'endroit où les
attendaient les chefs convoqués comme eux
pour le conseil. Ulysse raconte les péripéties
de leur exploration, traverse le fossé et se dirige vers les navires; ses compagnons le suivent. Arrivés à la tente de Diomède, ils lient
les chevaux à la crèche où sont déjà les coursiers du fils de Tydée; Ulysse place au sommet de la poupe du navire les dépouilles de
Dolon, puis tous deux vont laver dans la mer
la sueur qui découle de leurs membres[2].

1. Ces mots sont inscrits sur notre carte : πρὸς ἁλός, à
droite de z; πρὸς Θύμβρης, à gauche.
2. *Il.*, κ, 566-573.

TROISIÈME BATAILLE[1].

L'aurore reparaît, les deux armées se préparent au combat; les Grecs, de leurs navires, les Troyens, de leur camp, situé sur le Scamandre, s'avancent les uns contre les autres; la rencontre a donc lieu vers le milieu de l'espace qui sépare les deux camps. Sur notre carte, la lettre κ indique le commencement de la bataille. Pendant quelque temps, le combat est indécis; mais, vers huit heures du matin, les Grecs rompent les phalanges troyennes. L'instant où la victoire penche ainsi du côté d'Agamemnon est déterminé de la manière suivante : « Mais à l'heure où le bûcheron apprête son repas dans les halliers de la forêt, quand ses bras se sont fatigués à

1. Elle commence au 1er vers de la rhapsodie Λ et finit au 242ᵉ de la rhapsodie Ξ. Les vers qui se rapportent à cette bataille sont précédés d'un astérisque.

couper les hauts arbres, quand son ardeur
fait place à la lassitude, et que le désir de
prendre une douce nourriture s'empare de lui,
à cette heure les fils de Danaüs rompent les
phalanges ennemies. »

« Ἦμος δὲ δρυτόμος περ ἀνὴρ ὡπλίσσατο δεῖπνον
« Οὔρεος ἐν βήσσῃσιν, ἐπεί τ' ἐκορέσσατο χεῖρας
« Τάμνων δένδρεα μακρὰ, ἅδος τέ μιν ἵκετο θυμὸν,
« Σίτου τε γλυκεροῖο περὶ φρένας ἵμερος αἱρεῖ·
« Τῆμος σφῇ ἀρετῇ Δαναοὶ ῥήξαντο φάλαγγας[1]. »

On peut supposer que le bûcheron faisait
son premier repas vers huit heures; c'est à
ce moment que les ouvriers grecs aujourd'hui
déjeunent pendant l'été.

Hector et les Troyens reculent donc devant
Agamemnon. Dans leur fuite au milieu de la
plaine, ils laissent de côté d'abord le tombeau
d'Ilus, « le fils de l'antique Dardanus, » puis
le figuier sauvage, « impatients de regagner la

1. *Il.*, Λ, 86-91.

ville. » Atride les poursuit toujours , et
« souille de sang ses mains invincibles. Mais
lorsqu'ils ont atteint les portes Scées et le
hêtre, ils s'arrêtent et se rallient. »

« Οἱ δὲ παρ' Ἴλου σῆμα παλαιοῦ Δαρδανίδαο ,
« Μέσσον κὰπ πεδίον, παρ' ἐρινεὸν ἐσσεύοντο ,
« Ἱέμενοι πόλιος· ὁ δὲ κεκληγὼς ἕπετ' αἰεὶ
« Ἀτρείδης, λύθρῳ δὲ παλάσσετο χεῖρας ἀάπτους.
« Ἀλλ' ὅτε δὴ Σκαιάς τε πύλας καὶ φηγὸν ἵκοντο ,
« Ἔνθ' ἄρα δὴ ἵσταντο , καὶ ἀλλήλους ἀνέμιμνον [1]. »

Cette fuite des Troyens, poursuivis par
Agamemnon, est indiquée sur notre carte par
la ligne κΛΛ', qui commence à κ, lieu de la
rencontre, se brise à Λ, et aboutit devant Ilion,
en Λ', en face du hêtre et des portes Scées [2].
Excité par Iris, Hector a ranimé la mêlée terrible, et décide les Troyens à se retourner

---

1. *Il.*, Λ, 166-172.

2. Les deux vers 166ᵉ et 167ᵉ qui fixent la position du
tombeau d'Ilus et du figuier sauvage sont inscrits le long de
cette ligne.

contre l'ennemi. Agamemnon est blessé par Coon, qu'il tue; mais, « tourmenté par sa blessure, » il retourne aux vaisseaux[1]. Après son départ, les Grecs tombent en foule sous les coups d'Hector; Ulysse et Diomède rétablissent le combat, et « leurs concitoyens échappés au terrible fils de Priam respirent avec joie. » Diomède immole les deux fils de Mérops, Agastrophus, et blesse Hector, qui remonte sur son char pour se retirer vers la gauche de la bataille.

Homère se borne à dire qu'Hector va se perdre dans la foule pour éviter la mort :

« Τόφρ' Ἕκτωρ ἄμπνυτο, καὶ ἂψ ἐς δίφρον ὀρούσας,
« Ἐξέλασ' ἐς πληθὺν, καὶ ἀλεύατο Κῆρα μέλαιναν[2]. »

Mais, puisque nous le voyons peu après combattre à l'extrême gauche près du Sca-

1. *Il.*, Λ, 172-274.
2. *Il.*, Λ, 359.

mandre, il est évident qu'il s'était dirigé de
ce côté.

« . . . . Οὐδέ πω Ἕκτωρ
« Πεύθετ᾽, ἐπεὶ ῥα μάχης ἐπ᾽ ἀριστερὰ μάρνατο πάσης,
« Ὄχθας πὰρ ποταμοῖο Σκαμάνδρου [1] . . . . »

On peut suivre sur notre carte cette bataille partielle, dont nous indiquons le centre
en M; elle s'étendait vers la gauche jusqu'au
Scamandre, vers la droite jusqu'au tombeau
d'Ilus. Diomède et Ulysse se trouvaient donc à
l'aile droite[2].

Les Grecs reculaient toujours, mais lente-
ment. Ils se trouvaient donc à ce moment au
delà du passage ordinaire du fleuve (πόρος ποταμοῖο), ayant à leur droite le tombeau d'Ilus, et
le Scamandre à leur gauche. Pâris, caché der-

1. *Il.*, Λ, 497-500.
2. Les vers qui indiquent la position d'Hector à la gauche
de la bataille sont inscrits en rouge, et précédés d'un astérisque.

rière la colonne du tombeau, blesse Diomède d'un coup de flèche. Le héros se retire vers les vaisseaux [1], mais la position des Grecs ne change pas. Ulysse reste à l'aile droite, où déjà Hector et Diomède avaient été blessés. C'est là qu'il tue Thoon, Ennomus, Chersidamas, Charops, et enfin Socus, dont la pique lui avait déchiré le flanc ; c'est là qu'entouré par les Troyens, il est secouru par Ménélas et Ajax fils de Télamon [2]. L'aile gauche s'appuyait toujours au Scamandre, qui, à cet endroit, coule presque perpendiculaire à l'inflexion qu'il forme vers le milieu de la plaine [3]. De ce côté, Nestor et Idoménée résistaient à Hector.

Voici comment le poëte continue à fixer les

1. Nous verrons que Pâris se transporte alors vers l'aile gauche, où se trouvait déjà son frère.

2. *Il.*, Λ, 401-488.

3. Nous avons parlé déjà de cette inflexion du Scamandre vers le milieu de la plaine. Voir la description du Scamandre.

positions et les mouvements des divers combattants. A l'aile droite, Ajax le Télamonien et
Ménélas avaient délivré Ulysse ; puis Ménélas
avait reconduit le roi d'Ithaque hors de la
foule, le tenant par la main, jusqu'à ce que
son écuyer se fût approché avec les chevaux [1];
pendant ce temps, Ajax semait l'épouvante
dans les rangs des Troyens ; Doryclus, Pan-
dacus, Lysandre, Pyrase, tombaient sous ses
coups [2]. Hector, combattant à l'extrême gauche,
près des rives du Scamandre, contre Nestor et
Idoménée, ignorait les exploits d'Ajax.

« Ὣς ἔφεπε κλονέων πεδίον τότε φαίδιμος Αἴας,
« Δαΐζων ἵππους τε καὶ ἀνέρας. Οὐδέ πω Ἕκτωρ
« Πεύθετ᾽, ἐπεί ῥα μάχης ἐπ᾽ ἀριστερὰ μάρνατο πάσης,
« Ὄχθας πὰρ ποταμοῖο Σκαμάνδρου · τῇ ῥα μάλιστα
« Ἀνδρῶν πίπτε κάρηνα, βοὴ δ᾽ ἄσβεστος ὀρώρει,
« Νέστορά τ᾽ ἀμφὶ μέγαν καὶ Ἀρήϊον Ἰδομενῆα.
« Ἕκτωρ μὲν μετὰ τοῖσιν ὁμίλει [3]. . . . . »

1. *Il.*, Λ, 487.
2. *Il.*, Λ, 489-91.
3. *Il.*, Λ, 496-503.

Pourtant les Grecs n'auraient pas cédé ici même, à l'aile gauche, si Pâris n'avait pas blessé Machaon[1]. Nestor prend Machaon sur son char et se dirige vers les vaisseaux. La direction que suit Nestor est indiquée sur notre carte par la ligne ponctuée NN′, qui part de la gauche de cette bataille, de N, où le nom de Machaon est inscrit, passe par la porte qui était ouverte pour recevoir les fuyards, et finit à la tente de Nestor (N′). Les Grecs ayant fléchi à l'aile gauche, Cébrion conseille à Nestor de se transporter à l'aile droite où les Troyens étaient mis en déroute : « C'est Ajax qui les épouvante, lui dit-il, je le reconnais au large bouclier qui couvre ses épaules. C'est là qu'il faut diriger notre char. »

« Ἕκτωρ, νῶϊ μὲν ἐνθάδ᾽ ὁμιλέομεν Δαναοῖσιν,
« Ἐσχατιῇ πολέμοιο δυσηχέος· οἱ δὲ δὴ ἄλλοι

1. *Il.*, Λ, 504-510. Ce qui prouve bien que Pâris, après avoir blessé Diomède, s'était retiré de l'aile droite vers la gauche.

14

« Τρῶες ὀρίνονται ἐπιμίξ, ἵπποι τε καὶ αὐτοί.

« Αἴας δὲ κλονέει Τελαμώνιος· εὖ δέ μιν ἔγνων·

« Εὐρὺ γὰρ ἀμφ' ὤμοισιν ἔχει σάκος. Ἀλλὰ καὶ ἡμεῖς

« Κεῖσ' ἵππους τε καὶ ἅρμ' ἰθύνομεν [1] . . . »

Ajax, voyant les efforts de tous les Troyens concentrés sur lui, recule, mais pas à pas. Eurypyle arrive à son secours; mais, après avoir tué Apisaon, il rencontre Pâris qui était retourné à l'aile droite, et qui le blesse à la cuisse. Eurypyle regagne le camp [2].

Cependant les coursiers de Nestor portaient Machaon vers la tente du vieillard. Achille, debout sur la poupe de son vaisseau, voit le char passer devant lui; mais il n'aperçoit le blessé que de dos, et charge Patrocle d'aller chez Nestor s'assurer si c'est bien Machaon qu'il a ramené avec lui [3]. « Patrocle,

1. *Il.*, Λ, 521-542.

2. Patrocle, en quittant plus tard la tente de Nestor, rencontrera au centre, près des vaisseaux d'Ulysse, le malheureux Eurypyle.

3. *Il.*, Λ, 596-615.

lui dit-il, héros aimé de Jupiter, va demander
à Nestor quel est ce blessé qu'il ramène de la
bataille. Par derrière, il me paraît en tout
semblable à Machaon, fils d'Esculape, mais je
n'ai pu voir son visage, tant les coursiers, impatients d'arriver, ont passé rapidement devant moi. »

« Ἀλλ' ἴθι νῦν, Πάτροκλε, Διΐ φίλε, Νέστορ' ἔρειο
« Ὅντινα τοῦτον ἄγει βεβλημένον ἐκ πολέμοιο.
« Ἤτοι μὲν τάγ' ὄπισθε Μαχάονι πάντα ἔοικε,
« Τῷ Ἀσκληπιάδῃ, ἀτὰρ οὐκ ἴδον ὄμματα φωτός·
« Ἵπποι γάρ με παρήϊξαν, πρόσσω μεμαυῖαι[1]. »

Ces paroles nous prouvent clairement que
Nestor, revenant du champ de bataille à sa
tente, change de direction aux approches du
camp grec, et qu'il parcourt une courbe en
passant devant Achille. En effet, Nestor pénètre dans le camp par l'aile gauche, à travers les portes gardées par Polypète et Léon-

1. *Il.*, Λ, 611-615.

tée, les seules qui soient ouvertes pendant la bataille. Nestor, tenant les rênes et conduisant le char, était naturellement assis à la droite de Machaon, de manière qu'Achille, au moment où le char parcourait une courbe devant lui, voyait Nestor, mais n'apercevait pas Machaon : ce n'est qu'au moment où le char parvenu au bout de la courbe avance en ligne droite vers la tente du vieillard, que le héros peut par derrière voir le blessé[1].

Patrocle part donc du corps XXII, arrive à la tente de Nestor (corps XI), y voit Machaon, et apprend du vieillard que Diomède, Ulysse et Agamemnon ont été blessés. C'est avec raison qu'on a supprimé le vers 662ᵐᵉ, le 7ᵐᵉ de la réponse de Nestor :

« Βέϐληται δὲ καὶ Ευρύπυλος κατὰ μηρὸν ὄϊστῷ. »

Car Nestor, qui raconte à Patrocle les malheurs

1. Voyez la carte.

des Grecs dans cette journée, avait quitté le champ de bataille avant qu'Eurypyle fût blessé; c'est seulement après avoir mis Machaon hors de combat que Pâris est passé à l'aile droite, et a blessé Eurypyle. Patrocle, répétant à Achille ces paroles de Nestor :

« Βέβληται μὲν ὁ Τυδείδης κρατερὸς Διομήδης ·
« Οὔτασται δ' Ὀδυσεὺς δουρικλυτὸς, ἠδ' Ἀγαμέμνων.

a le droit d'ajouter :

« Βέβληται δὲ καὶ Εὐρύπυλος κατὰ μηρὸν ὀϊστῷ[1], »

car, après avoir quitté Nestor, il a rencontré Eurypyle près des vaisseaux d'Ulysse. Mais les copistes, après avoir lu ce vers dans la rhapsodie Π, crurent qu'il devait se trouver aussi dans la rhapsodie Λ, ne remarquant pas qu'ils

---

1. *Il.*, Π, 24-27. « Le valeureux Diomède, fils de Tydée, a été frappé; Ulysse, illustre par sa lance, et Agamemnon ont été blessés; et Eurypyle aussi a été atteint par une flèche dans la cuisse. »

faisaient ainsi dire à Nestor ce qu'il ne pouvait
savoir.

Après avoir donc appris du roi de Pylos les
événements de la journée, Patrocle se dirige à
gauche pour retourner chez Achille, mais il
rencontre au centre du camp, près des vaisseaux d'Ulysse, Eurypyle qui se soutient à
peine :

« Ἀλλ' ὅτε δὴ κατὰ νῆας Ὀδυσσῆος θείοιο
« Ἷξε θέων Πάτροκλος, ἵνα σφ' ἀγορή τε θέμις τε
« Ἦην, τῇ δὴ καί σφι θεῶν ἐτετεύχατο βωμοί ·
« Ἔνθα οἱ Εὐρύπυλος βεβλημένος ἀντεβόλησεν[1]. »

Malgré son désir de revoir Achille au plus tôt,
Patrocle, touché de pitié, fait appuyer le blessé
sur sa forte poitrine, le conduit à sa tente
(corps XXVI) et se met en devoir de soigner sa
blessure, car Eurypyle lui a dit que, des deux
médecins, Podalyre et Machaon, le premier
soutenait dans la plaine le choc des Troyens,

1. *Il.*, Λ, 805-809.

l'autre était blessé lui-même[1] ; Patrocle pense avec raison que cette circonstance suffira pour l'excuser auprès d'Achille d'avoir retardé son retour.

Pendant ce temps, les Troyens ont repoussé les Grecs jusqu'au fossé ; cette déroute des Grecs est indiquée sur notre carte par la ligne MM′. Près de M a eu lieu la terrible mêlée que nous avons racontée ; en M′ les Troyens s'arrêtent ; le valeureux Hector voulait que ses guerriers poursuivissent l'ennemi montés sur leurs chars, mais le sage Polydamas explique le danger d'une pareille tentative, et propose de franchir à pied le dangereux fossé. Aussitôt tous les Troyens descendent de leurs chars[2] et se divisent en cinq corps. Le premier est commandé par Hector, Polydamas et Cébrion ;

1. *Il.*, A, 810. Remarquons que ces médecins campaient au vingt-cinquième rang, à côté même d'Eurypyle.
2. *Il.*. M, 1-87.

le second par Alexandre, Alcathoüs et Agénor
le troisième par Hélénus, Deïphobe et Asios,
fils d'Hyrtace; le quatrième par Énée, Archéloque et Acamas; le cinquième par Sarpédon,
Glaucus et Astéropée. En laissant leurs chars
sur le bord du fossé, les Troyens et leurs alliés
confient à leurs écuyers le soin de retenir les
coursiers[1]. Puis tous franchissent à pied le
fossé. Seul, Asios, fils d'Hyrtace, qui passe le
premier, le traverse en char et se dirige vers
la gauche du camp grec.

« Εἴσατο γὰρ νηῶν ἐπ' ἀριστερά[2]. . . . . »

La marche d'Asios est indiquée sur notre

---

1. *Il.*, M, 88-104. Homère n'oublie pas de nous dire que
l'écuyer d'Hector, Cébrion, ayant été choisi pour chef du
premier corps, le fils de Priam confie son char à un autre
écuyer.

2. *Il.*, M, 118. Quoiqu'il s'agisse d'un Troyen, la direction qu'il prend est déterminée relativement à la position
des Grecs; c'est là, comme nous l'avons dit, une règle obser-
vée dans tout le poëme.

carte par la ligne rouge qui commence au fossé, à м', se brise à la tour défendue par Léontée et Polypétès contre lesquels Asios soutient un combat acharné, et finit à м'', où le Troyen tombe sous la lance d'Idoménée.

Cette attaque des Troyens, dirigée sur plusieurs points du camp grec à la fois, devait s'étendre de l'extrémité droite, c'est-à-dire du premier corps, celui des Béotiens, jusqu'au dix-huitième ou dix-neuvième seulement, vers la gauche; car, de ce côté, on risquait, en allant plus loin, de rencontrer Achille qui, depuis longtemps, assistait plein d'émotion au combat, du haut de son navire, et n'aurait pu se contenir si l'ennemi était venu vaincre sous ses yeux. Par conséquent, c'est bien vers la gauche de la partie attaquée qu'eut lieu la folle équipée d'Asios; la tour que défendent contre lui Léontée et Polypétès était placée en face du dix-neuvième ou du vingtième corps [1].

Pendant que ces deux héros repoussaient les Troyens, Hector et Polydamas se préparaient à passer aussi le fossé vers la droite; mais un aigle ayant volé à la gauche des Troyens [2], Polydamas s'arrête et conseille de retourner en arrière. Hector s'indigne : « Peu m'importe, lui dit-il, que les oiseaux volent à ma droite vers l'orient ou à ma gauche vers le couchant. »

« . . . Τῶν οὔτι μετατρέπομ' οὐδ' ἀλεγίζω,
« Εἴτ' ἐπὶ δεξί' ἴωσι πρὸς Ἠῶ τ' Ἠέλιόν τε,
« Εἴτ' ἐπ' ἀριστερὰ τοίγε ποτὶ ζόφον ἠερόεντα [3]. »

Il ordonne le passage; tous les siens le suivent et traversent le fossé.

Nous remarquons ici qu'Homère, voulant

1. Les deux Lapithes font partie du 27ᵐᵉ corps, ils sont donc bien choisis pour défendre la tour de l'extrême gauche.
2. *Il.*, M, 200-201.
3. *Il.*, M, 238-240.

expliquer les craintes de Polydamas, dit que
l'aigle volait à la gauche des Troyens, « ἐπ'
ἀριστερὰ λαὸν ἐέργων, » et non à la droite de la flotte
ou du camp grec; il manque donc à la règle
qu'il s'était posée de déterminer toutes les directions, tous les mouvements, d'après les positions des Achéens. Mais on comprend que dans
cette circonstance il était obligé de mettre en
scène ceux qui observaient le vol de l'oiseau,
et par conséquent d'indiquer, d'après leur
propre position, la direction qu'il suivait. Il
eût été peu naturel de nous montrer les Troyens
présageant un malheur à la vue d'un aigle qui
volait à la droite des Grecs.

Notons encore qu'au moment de l'appari-
tion de l'oiseau, les Troyens, se trouvant vis-à-
vis des Grecs devant le fossé, regardaient vers
le nord; par conséquent leur gauche était vers
l'ouest et leur droite vers l'est; Hector, étant
lui-même tourné vers le nord, comme ses

compagnons, dit avec justesse qu'il s'inquiète
peu que les oiseaux volent *à sa droite vers l'est,
ou à sa gauche vers l'ouest* [1].

Ce sont ces paroles d'Hector qui donnèrent,
dit-on, naissance à la prétendue loi des au-
gures. Étant donnée la position des Troyens
devant le fossé, « à droite » est ici synonyme
de « à l'est, » « à gauche » synonyme de « à
l'ouest; » on a conclu de là que l'augure favorable ou de droite, « δεξιὸς οἰωνός, » signifiait
toujours un augure apparaissant à l'est, et que
l'augure défavorable ou de gauche apparais-
sait toujours à l'ouest. Une fois cette conclusion adoptée, il s'ensuivait naturellement que,
pour avoir l'est à sa droite et l'ouest à sa gauche, il fallait être tourné vers le nord; de là
cette opinion, réfutée plus haut, que, pour

1. Pour plus de clarté, nous inscrivons sur notre carte,
à M', les deux derniers vers (339-340) qu'Hector prononça
devant le fossé.

consulter le vol des oiseaux, une des princi-
pales lois de la divination était de se tourner
vers le nord.

Après avoir franchi le fossé, Hector était
allé se briser contre les deux Ajax, lorsque
Sarpédon, qui commandait une des autres
colonnes, vint le rejoindre à la droite du camp [1]
et lança ses Lyciens contre la tour de Ménesthée (corps VI). C'est alors que le chef des Athéniens envoie le héraut Thoote demander aux
deux Ajax de venir à son secours [2]. Ajax fils de
Télamon et Teucer se mettent en route, s'avancent derrière le rempart et arrivent près de la
tour menacée; les Lyciens montaient déjà sur les
créneaux. La lutte est quelque temps indécise;
Sarpédon prend entre ses fortes mains le man-
telet de la muraille et le fait écrouler; Ajax et

1. *Il.*, M, 290. La marche des deux corps d'Hector et de
Sarpédon est indiquée par la ligne rouge qui part du fossé,
de M', se brise à la tour de Ménesthée et finit à M'''.
2. *Il.*, M, 340.

Teucer résistent vaillamment. Mais Hector, saisissant une pierre énorme, frappe le milieu des
portes et du coup brise les deux gonds. Les
Troyens entrent dans le camp grec, les uns par
les portes, les autres par-dessus la muraille
dégarnie : les Grecs fuient vers les navires.

« Αὐτίκα δ᾽ οἱ μὲν τεῖχος ὑπέρβασαν, οἱ δὲ κατ᾽ αὐτὰς
« Ποιητὰς ἐσέχυντο πύλας. Δαναοὶ δ᾽ ἐφόβηθεν
« Νῆας ἀνὰ γλαφυράς· ὅμαδος δ᾽ ἀλίαστος ἐτύχθη[1]. »

Neptune observait la bataille du sommet de
l'île de Samothrace, d'où l'on voyait l'Ida, la
ville de Priam et les vaisseaux des Achéens. A
la vue du désastre des Grecs, il s'indigne contre
Jupiter, et vient, sous les traits de Calchas,
inspirer aux deux Ajax une nouvelle audace.
En effet, après que le mur a été franchi par
les Troyens, le fils d'Oïlée a suivi le fils de Télamon ; ses soldats, qui se servent de l'arc et de

1. *Il.*, M, 469-471.

la fronde, restent en arrière, ne pouvant combattre en avant des navires; mais lui-même s'avance, et comme Ulysse, Agamemnon, Diomède ont été blessés, il se joint au fils de Télamon, seul resté debout; tous deux rallient les phalanges grecques et repoussent Hector qui menaçait de traverser le camp jusqu'à la mer[1].

A gauche, Mérion lance contre Déiphobe, qui faisait partie du corps d'Asios, sa pique étincelante, mais le fer se brise contre le bouclier du Troyen[2]. Mérion se dirige vers sa tente pour y chercher une arme. A droite, Teucer immole Imbrius, et Hector tue Amphimaque. Neptune, irrité de la mort de son

1. *Il.*, N, 126-149.
2. Mérion, se retirant vers les navires avec les autres Grecs, a naturellement devant lui les Troyens qui attaquent l'aile gauche; en effet, il appartient au corps des Crétois (corps XVII); et, si l'on se rappelle que l'attaque des Troyens ne s'étend pas au delà du vingtième corps, on reconnaît que le dix-septième est bien effectivement situé à gauche *de la partie attaquée.*

arrière-petit-fils, apparaît à Idoménée sous la
forme de Thoas, chef des Étoliens, et l'exhorte
à se signaler dans le terrible combat [1]. Mérion,
rencontrant alors Idoménée près de sa tente,
lui demande s'il n'y trouvera pas un autre javelot ; il ne voudrait pas aller jusqu'à la sienne,
qui est très-éloignée, pour ne pas perdre loin
de la mêlée un temps précieux. Sur la réponse
affirmative du roi des Crétois, Mérion entre
dans la tente et s'arme d'une lance d'airain [2].

On voit par ce passage que la tente d'Idoménée se trouvait sur les premiers rangs vers
la plaine, et celle de Mérion plus bas vers le
rivage. Ainsi, sur le champ de bataille, Idoménée commandait les premières phalanges,
Mérion l'arrière-garde [3].

De retour auprès d'Idoménée, Mérion lui

1. Le corps des Étoliens, étant le seizième, était voisin de
celui des Crétois.
2. *Il.*, N, 246-296.
3. Voyez *Il.*, Δ, 253-254.

demande s'ils doivent se diriger « vers la
droite de tout le camp, vers le centre ou
vers la gauche. »

« Δευκαλίδη, πῇ τ' ἄρ μέμονας καταδῦναι ὅμιλον;
« Ἦ ἐπὶ δεξιόφιν παντὸς στρατοῦ, ἢ ἀνὰ μέσσους,
« Ἦ ἐπ' ἀριστερόφιν[1] ; . . . . »

On doit bien comprendre que ce n'est pas sans
quelque intention qu'Homère place immédiatement après δεξιόφιν les mots παντὸς στρατοῦ. Il
veut nous expliquer que, à l'aile droite, l'attaque des Troyens s'étendait jusqu'à l'extrémité
du camp, jusqu'aux Béotiens, par conséquent
jusqu'à *la droite de tout le camp*, tandis que
vers la gauche, au contraire, elle n'allait pas
au delà du dix-neuvième ou vingtième corps,
ce qui n'était qu'une gauche relative. L'aile
droite attaquée comprend donc les six premiers
corps, le centre va du septième au treizième,

1. *Il.*, N, 307-309.

et la gauche s'étend du quatorzième jusqu'au dix-neuvième ou vingtième. Cette distinction établie, la réponse d'Idoménée devient parfaitement claire : « Au centre, dit-il, les deux Ajax et Teucer résistent à Hector, dirigeons-nous donc vers la gauche du camp. » En effet, Agamemnon et Diomède ayant été mis hors de combat, les deux Ajax et Teucer devenaient les défenseurs naturels de cette partie du camp.

« Νῶϊν κ' ὧδ' ἐπ' ἀριστέρ' ἔχε στρατοῦ[1]. »

Nous savons que ce dialogue d'Idoménée et de Mérion avait lieu devant le poste des Crétois ; or l'expression ὧδ' ἐπ' ἀριστερὰ ἔχε στρατοῦ indique également que l'endroit vers lequel ils se dirigeaient n'était pas éloigné ; la bataille ne s'étendait donc pas beaucoup au delà des Crétois vers la gauche. A leur arrivée, le combat

---

1. *Il.*, Ν, 326.

recommence avec une nouvelle ardeur. Othryo-
née et Asios tombent sous les coups d'Idoménée. Déïphobe, compagnon d'Asios, blesse
Hypsénor. Alcathoüs est tué par Idoménée.
Déïphobe appelle Énée à son secours, et en
même temps viennent se ranger autour du roi
de Crète Ascalaphe, Déïpyre, Mérion et Antiloque[1]. On voit que les chefs de la garde combattent à la gauche, c'est-à-dire à l'endroit où
ils étaient la nuit précédente. Pour Antiloque,
il s'est probablement rapproché de son frère
Thrasymède, un des chefs de la garde; d'ailleurs, nous l'avons déjà rencontré à l'aile
gauche au moment de la bataille partielle
livrée entre le tombeau d'Ilus et le Scamandre,
où il combattait aux côtés de son père. Or,
tout à l'heure, avant que Machaon fût blessé,
Nestor était encore à l'aile gauche.

1. *Il.*, N, 476-478.

En voyant l'élite des Grecs se presser autour d'Idoménée, le fils de Vénus et d'Anchise
avait appelé près de lui Pâris et Agénor [1]. Ainsi
des cinq corps troyens, les second, troisième
et quatrième se trouvaient à la gauche de la
mêlée, où nous rencontrons leurs principaux
chefs, tandis que le premier et le cinquième,
celui d'Hector et celui des Lyciens, restaient à
la droite. C'est alors qu'à l'aile gauche de nombreux guerriers succombent de part et d'autre.
Pour apprécier l'exactitude de la description
où le poëte nous montre aux prises les héros
grecs et troyens, il faut avoir bien présents à
l'esprit les noms des chefs qui commandent
les trois corps troyens engagés de ce côté [1],
comme aussi les noms des Grecs qui commandent la garde installée la nuit, suivant le conseil de Nestor [3].

1. *Il.*, N, 489-491. — 2. *Il.*, M, 93.
3. *Il.*, I, 80-86.

Sur ce point de la bataille, les défenseurs de Troie faiblissent bientôt devant l'attaque d'Idoménée, d'Ajax et de Ménélas; la victoire se déclare pour les Grecs. Hector ne savait rien encore de ces événements; il ignorait qu'à la gauche de la flotte ses soldats tombaient sous les coups des Argiens. Il était toujours à l'endroit « où, franchissant portes et remparts, il avait rompu les phalanges grecques, là où se trouvaient les vaisseaux d'Ajax et de Protésilas, là où la muraille était très-basse, où guerriers et chevaux s'abandonnaient à toute la fougue du combat [1]. » « Là, poursuit Homère, « les Béotiens, les Ioniens aux longues tuni-« ques, les Locriens, les Phthiens (c'est-à-dire « les soldats de Phylacé) et les illustres « Épéens résistaient vaillamment au héros qui

1. *Il.*, N, 674-684. Ici peut-être le poëte fait allusion à la muraille bâtie par les Grecs après qu'ils eurent tiré leurs vaisseaux sur la plage. (*Il.*, Ξ, 31-32.)

« menace leurs navires, mais ils ne pouvaient
« repousser le divin Hector, ce guerrier sem-
« blable à la foudre. Aux premiers rangs sont
« les plus braves des Athéniens commandés
« par le fils de Pétéus, Ménesthée, que suivent
« Phidas, Stichius et le vaillant Bias; les
« Épéens sont commandés par Mégès issu de
« Phylée, Amphion et Dracius; les peuples de
« Phthie par Médon et le belliqueux Podar-
« cès[1]. » Nous observons qu'Ascalaphe et Ialmène, chefs des habitants d'Asplédon et d'Orchomène, qui formaient le second corps, ne
figurent pas au nombre de ceux qui tenaient
contre Hector et les Lyciens : c'est qu'ayant été
choisis pour commander la garde placée à
l'aile gauche, ils combattent de ce côté. Les
Phocéens ne sont pas non plus mentionnés ici,
mais il n'en faut pas conclure, comme fait

---

1. *Il.,* N, 685 et suiv. Podarcès avait remplacé son frère
aîné, Protésilas. Voyez *Il.*, B, 698-707.

M. Gladstone, qu'ils ne font pas partie des
corps engagés à l'aile droite; car nous voyons
un peu plus tard qu'Hector y tue Schédius,
chef des Phocéens :

« Ἔνθ' Ἕκτωρ μὲν ἕλε Σχεδίον, Περιμήδεος υἱὸν,
« Ἀρχὸν Φωκήων [1]. . . . . »

Mégès, chef du quatorzième corps, fait face à
Hector, puisque l'attaque du fils de Priam devait s'étendre jusqu'à cette partie du camp
grec. Médon qui, dans le *Catalogue*, commande
à la place de Philoctète le corps de Méthone
(corps XXIV) campé à l'aile gauche, figure ici
parmi les chefs de l'aile droite. Le poëte s'empresse de nous en donner la raison : « Médon,
dit-il, était fils illégitime d'Oïlée (par conséquent frère d'Ajax), et il demeurait à Phylacé [2]. »

1. *Il.*, O, 515-516.
2. Ces relations entre la Locride et Phylacé ne font que
justifier la corretion que nous avons introduite dans le *Cata-*

Revenons à la bataille, où nous avons laissé Hector à l'aile droite ignorant le désastre de ses compagnons à l'aile gauche, et luttant lui-même avec peine contre les Ajax. Polydamas explique que le développement des forces troyennes sur toute la ligne des vaisseaux était une manœuvre dangereuse, puisqu'en certains endroits les guerriers n'avaient pas d'ennemis en face d'eux, et qu'ailleurs ils étaient en présence de troupes bien plus nombreuses :

« Οἱ μὲν ἀφεστᾶσιν σὺν τεύχεσιν, οἱ δὲ μάχονται
« Παυρότεροι πλεόνεσσι, κεδασθέντες κατὰ νῆας[1]. »

C'est pourquoi il lui conseille de rappeler à l'aile droite l'élite des Troyens.

Hector laisse pour quelques instants à Polydamas le commandement de l'aile droite et se dirige vers l'aile gauche, cherchant Deï-

logue, en plaçant le corps de Phylacé à côté de celui des Locriens.

1. *Il.*, N, 738.

phobe, Hélénus, Asios, Adamas, qui a suivi ce dernier à l'attaque des portes protégées par Léontée et Polypetès[1]. Il ne les trouve pas tous, et ceux qu'il rencontre sont blessés. Enfin il voit Pâris à la gauche de la bataille et apprend de lui les malheurs qui ont frappé les Troyens.

« Τὸν δὲ τάχ' εὗρε μάχης ἐπ' ἀριστερὰ δακρυοέσσης,
« Δῖον Ἀλέξανδρον[2]. . . . . »

Tous deux reviennent alors à l'aile droite où la bataille est concentrée autour de Cébrion et de Polydamas.

« Βὰν δ' ἴμεν ἔνθα μάλιστα μάχη καὶ φύλοπις ἦεν,
« Ἀμφί τε Κεβριόνην καὶ ἀμύμονα Πουλυδάμαντα[3], »

---

1. Voyez *Il.*, M, 135-140. Adamas est un chef de second ordre; il est tué par Mérion. Voyez *Il.*, N, 550-575.

2. Hector venait donc bien de la droite.

3. *Il.*, N, 789. La marche d'Hector de l'aile droite (M''') à l'aile gauche (M'') et son retour à l'aile droite se reconnaissent facilement sur notre carte.

L'armée troyenne se rassemble tout entière
aux côtés d'Hector. Les Grecs eux-mêmes sont
bientôt renforcés par ceux de leurs compagnons qui défendaient la gauche.

En entendant les cris des combattants, Nestor sort de sa tente où il venait de ramener
Machaon; à la vue de la muraille abattue, il se
résout à aller trouver Agamemnon, mais il le
rencontre au moment où, avec Diomède et
Ulysse blessés comme lui, le roi sortait d'entre
les vaisseaux les plus rapprochés du rivage.
En apprenant que le mur a été renversé par
les Troyens, Agamemnon propose de mettre
immédiatement à la mer les navires qui en
sont les plus voisins, et le reste pendant la
nuit, afin de retourner en Grèce. Ulysse combat cette proposition ainsi que Diomède. « Mar-
chons plutôt au combat, dit le fils de Tydée, et
ranimons l'ardeur des Grecs. » Ils s'avancent
en effet vers la mêlée. Pendant que Jupiter

dort dans les bras de Junon, Neptune se mêle aux Grecs et combat pour eux. Hector est renversé par une pierre qu'a lancée le fils de Télamon. Ses compagnons le transportent jusqu'aux derniers rangs de l'armée, où il trouve son char et ses coursiers qui le conduisent vers Ilion [1]. Arrivés au passage du Xanthe, ses amis le descendent du char et lui jettent de l'eau sur le visage; le héros se ranime un instant pour retomber bientôt sans connaissance. Cette retraite du fils de Priam est indiquée sur notre carte. Près du point o' il est blessé; la ligne 'oo montre la marche de ceux qui le transportent au delà du fossé; près de o on le place sur son char. La ligne rouge oΞ représente la marche du char jusqu'au passage du Scamandre.

Dès ce moment, les Grecs se précipitent

1. *Il.*, Ξ, 388-432.

avec une nouvelle fureur sur les Troyens. Ajax
fils de Télamon se signale au plus fort de la
mêlée ; Antiloque, Mérion [1], Teucer, Ménélas,
Ajax fils d'Oïlée, bondissent sur ses traces. Les
Troyens sont mis en déroute, ils repassent le
fossé et s'arrêtent près de leurs chars [2]. La
ligne M'''O indique cette fuite des Troyens.

Mais Jupiter s'éveille ; il commande à Neptune d'abandonner les Grecs à leur destinée ;
à Phébus, il ordonne « de remplir d'une force
indomptable » le fils de Priam, qu'Ajax a mis
hors de combat. Le retour d'Hector frappe les
Achéens de stupeur [3]; tandis que la foule se
retire en arrière vers les vaisseaux, Ajax,
Idoménée, Teucer, Mérion, Mégès, reçoivent

1. Ce passage prouve bien que la plupart des Grecs qui
combattaient d'abord à l'aile gauche sont venus à la droite,
dès qu'Hector y a concentré toutes ses forces ; Antiloque et
Mérion sont du nombre.

2. *Il.*, O, 1-4.

3. *Il.*, O, 280. Son retour est marqué par la ligne ΞO.

le choc des vainqueurs. Mais bientôt ils sont forcés de reculer eux-mêmes. Stichius, Arcésilas, Médon, Jasus, Clonius, Déiochus, tombent sous les coups des Troyens. Les Grecs se précipitent à travers les pieux et franchissent le fossé qu'ils ont creusé. Le fossé est en partie comblé par Apollon ; les chars des Troyens le traversent, et les débris de la muraille ayant été renversés par le dieu, ils vont droit aux navires. Cette marche victorieuse des défenseurs d'Ilion est indiquée par la ligne oo', qui part du fossé. A ce moment, Patrocle, qui était encore auprès d'Eurypyle, voyant les Troyens franchir les remparts, se décide à retourner auprès d'Achille afin de l'engager à combattre [1].

Alors s'engage une lutte terrible, désespérée. Le vaillant Ajax est attaqué par Hector,

1. *Il.*, O, 390-404.

et s'il ne peut repousser du navire le fils de
Priam conduit par un dieu, il l'empêche du
moins d'incendier la flotte. Mais tous les Grecs
ne sont pas aussi heureux que le fils de Télamon, et beaucoup mordent la poussière. D'ailleurs Jupiter lui-même excite les Troyens, qui
bientôt entourent les premiers navires; les
Grecs reculent, et s'arrêtent près des tentes,
opposant à l'ennemi leurs bataillons serrés.

« Ἀργεῖοι δὲ νεῶν μὲν ἐχώρησαν καὶ ἀνάγκη
« Τῶν πρωτέων, αὐτοῦ δὲ παρὰ κλισίῃσιν ἔμειναν
« Ἀθρόοι. . . . . »

C'est alors qu'Hector saisit la poupe du
vaisseau de Protésilas.

« Ἕκτωρ δὲ πρύμνης νεὸς ἥψατο ποντοπόροιο,
« Καλῆς, ὠκυάλου, ἣ Πρωτεσίλαον ἔνεικεν
« Ἐς Τροίην[1] . . . . »

Puis il crie qu'on y mette le feu. Ajax aban-

1. *Il.*, O, 655-657.

donne l'arrière du navire et, reculant jusqu'au banc des rameurs, il tue de là douze
guerriers qui, dociles aux ordres du chef, ont
essayé d'incendier le vaisseau [1].

Cependant Patrocle se présentait au fils de
Thétis, et lui dépeignait, les larmes aux yeux,
la triste situation de l'armée grecque ; il priait
Achille de lui confier le commandement des
Myrmidons et de lui donner ses armes, afin
qu'il pût essayer de repousser les terribles
vainqueurs. Nous remarquerons que Patrocle,
répétant ce qu'il tient de Nestor, dit à son ami
que les médecins sont occupés à soigner Diomède, Ulysse et Agamemnon ; il doit en effet
ignorer que ces héros sont revenus au combat pour encourager leurs compagnons, puisqu'il était auprès d'Eurypyle au moment où ils
ont reparu sur le champ de bataille ; se trou-

1. *Il.*, O, 658-746.

vant à l'extrémité de l'aile gauche, il ne pouvait savoir ce qui se passait à l'aile droite.
Achille cède aux prières de son ami, et Patrocle, couvert des armes redoutées, conduit
au combat les impatients Myrmidons. Au moment où ils allaient partir, Ajax voit son
javelot se briser dans sa main, et, forcé de reculer, il laisse son ennemi incendier le vaisseau de Protésilas.

Patrocle arrive alors au milieu de la mêlée [1], tue Pirechme, chef des Péoniens, éteint
le feu qui avait dévoré la moitié du vaisseau,
et sauve la flotte. Son exemple a relevé le
courage de ses compagnons; Ménélas, Mégès,
Antiloque, Mérion, Idoménée, fondent avec lui
sur les Troyens étonnés, et la victoire change
de camp. Le fils de Priam, resté d'abord iné-
branlable, est entraîné par ses chevaux qui

1. *Il.*, ɪɪ, 257-268.

repassent le fossé ; ses soldats veulent le suivre, et se précipitent en désordre vers le fossé, « qui les retient malgré eux ; » Patrocle lance son char à la poursuite d'Hector, sans réussir à l'atteindre. Alors, ayant dispersé les premières phalanges, il se retourne, enferme les Troyens du côté des vaisseaux et leur coupe le chemin de la ville ; puis, parcourant l'espace compris entre les vaisseaux, le fleuve et la muraille, il y sème la terreur et la mort.

> « Πάτροκλος δ' ἐπεὶ οὖν πρώτας ἐπέκερσε φάλαγγας,
> « Ἂψ ἐπὶ νῆας ἔεργε παλιμπετὲς, οὐδὲ πόληος
> « Εἶα ἱεμένους ἐπιβαινέμεν, ἀλλὰ μεσηγὺ
> « Νηῶν καὶ ποταμοῦ καὶ τείχεος ὑψηλοῖο
> « Κτεῖνε μεταΐσσων [1].   .   .   .   .   .   »

Le poëte nous montre bien ainsi qu'à l'époque de la guerre de Troie, le cours du Scamandre vers la partie basse de la plaine et son

---

1. *Il.*, π, 394-398. L'avant-dernier vers est inscrit sur notre carte.

embouchure étaient dans la même direction qu'aujourd'hui, à la droite du port et du camp grec, près du promontoire Sigée.

Sarpédon, le fils chéri de Jupiter, est au nombre des victimes qui tombent en foule à cette place sous les coups de Patrocle. Eustathius a prétendu qu'il avait été tué dans la plaine, par delà le fossé.

« .   .   .   .   .   . Τὸ δὲ νεῶν ἐν ἀγῶνι πε-
« σόντα μιμητικῶς ἔψευσται· ἔξω γὰρ καὶ τῆς τάφρου ἐν
« τῇ πεδιάδι πίπτει, καὶ οὐκ ἐν τῷ ἀθροίσματι καὶ τῇ
« ἀγορᾷ τῶν νηῶν. Ὁ δὴ Σαρπηδὼν τεταραγμένος τὸ
« φρονεῖν ἄλλως λέγει.   .   .   »

Eustathius n'a pas remarqué que la mort de Sarpédon a lieu seulement lorsque Patrocle revient de la poursuite des premières phalanges commandées par Hector; sous les ordres de leurs chefs Sarpédon et Glaucus, les Lyciens avaient tenu bon jusqu'à ce moment.

A la vue de Sarpédon expirant à ses pieds,

Glaucus excite les Lyciens à combattre autour
du cadavre; lui-même, s'avançant à grands
pas, s'élance au milieu des Troyens [1], et rencontrant Hector le ramène avec ses troupes
au fort de la mêlée. Mais les destins ne permettent pas encore que le fils de Priam immole Patrocle aux mânes de Sarpédon; après
une courte résistance, Hector se soumet aux
volontés de Jupiter, et abandonne au fils de
Ménétius la victoire et le cadavre du roi lycien,
que les Grecs dépouillent aussitôt de ses
armes [2].

Patrocle poursuit les fuyards jusque sous la
ville. Trois fois il se précipite pour franchir
les remparts avancés, trois fois Apollon le repousse. Cependant Hector avait arrêté ses che-

---

1. *Il.*, п, 534.
2, *Il.*, п, 663-666. La ligne o'o'' п'п'' représente, sur
notre carte, la retraite des Troyens et la marche de Patrocle
jusqu'aux murailles d'Ilion.

vaux près des portes Scées. Excité par les reproches du dieu, il retourne au combat; il
voit son écuyer Cébrion renversé mort à ses
pieds, et ne peut arracher son corps aux ennemis [1].

A ce moment, le soleil décline dans le ciel;
c'est l'heure où l'on délie les bœufs. Mais
le combat n'est pas près de finir; Patrocle se
précipite trois fois encore, et trois fois immole
neuf guerriers; à la quatrième, il est désarmé
par Apollon, blessé par Euphorbe, et enfin tué
par Hector [2].

Enivré d'orgueil, le vainqueur s'élance d'a-
bord à la poursuite d'Automédon, qu'emportaient à droite, vers l'ouest, les coursiers du
fils de Thétis [3]; mais, cédant bientôt aux con-

---

1. *Il.*, II, 781-783.

2. *Il.*, II, 827-829. Sur notre carte, l'endroit où Patrocle
est tué est représenté par la lettre II'', à l'aile droite des Grecs.

3. Il est naturel qu'Automédon se soit dirigé vers l'Érinéos, à droite de l'armée, et non à gauche, vers le Scamandre.

seils d'Apollon, il renonce à l'atteindre et
retourne près du corps de Patrocle. Euphorbe
venait d'expirer, la gorge transpercée par
l'épée de Ménélas. A la vue d'Hector, Ménélas
s'éloigne, va rejoindre Ajax le Télamonien à la
gauche de la bataille, et s'avance avec lui contre
le fils de Priam, au moment où celui-ci, ayant
ravi les armes d'Achille, entraînait le cadavre
de Patrocle. Hector veut alors se retirer du
combat et ordonne à ses soldats de porter dans
la ville l'armure qui doit être pour lui un
glorieux trophée. Mais les reproches de Glaucus triomphent de ses hésitations; il rejoint
ceux qui portaient à Troie les armes d'Achille,
s'en revêt et reparaît aux yeux des Troyens
éblouis. Autour du cadavre que défendaient
Ajax et Ménélas accourent aussi le fils d'Oïlée,
Idoménée, Mérion et d'autres encore. D'abord
les Grecs sont repoussés, et les ennemis se
hâtent d'entraîner le corps; mais Ajax ramène

les siens au combat, et, s'élançant au premier
rang, frappe d'un coup mortel le Pélasge Hippo-
thoüs, qui déjà tirait le cadavre par les pieds;
il dissipe bientôt sans effort les phalanges vic-
torieuses; Hector lui-même recule. C'en était
fait des Troyens, si Apollon n'était venu, sous
la figure de Périphas, ranimer par ses exhor-
tations le courage d'Énée; excités par le fils
d'Anchise, les Troyens se retournent, et la lutte
recommence avec une nouvelle ardeur.

Seuls les fils de Nestor, Thrasymède et Antiloque, ignoraient la mort de Patrocle, parce
qu'ils combattaient à l'écart, suivant le conseil
de leur père[1]. Achille ignorait également
l'horrible malheur qui venait de le frapper,
car le combat avait lieu sous les murs d'Ilion,
loin des vaisseaux.

1. *Il.*, P, 377-383. Nous voyons en effet, bientôt après,
que Ménélas trouve les Nestorides à l'extrême gauche de la
bataille.

« . . . . Οὐδ' ἄρα πώ τι
« Ἤδεε Πάτροκλον τεθνηότα δῖος Ἀχιλλεύς.
« Πολλὸν γὰρ ἀπάνευθε νεῶν μάρναντο θοάων.
« Τείχει ὑπο Τρώων [1]. . . . . . »

Cependant Automédon n'était pas retourné
vers le camp; les divins coursiers d'Achille,
accablés de douleur, refusaient d'avancer et
pleuraient loin de la bataille. Mais le fils de
Saturne ne veut pas qu'ils tombent au pouvoir
de l'ennemi, il remplit de forces leurs membres
agiles, et aussitôt ils emportent Automédon à
travers la mêlée. Cependant, seul sur le char,
le héros ne peut pas à la fois lancer le javelot et
tenir les rênes; il rencontre enfin Alcimédon,
lui confie le char, et s'avance lui-même à pied
pour combattre. Hector, apercevant le char
d'Achille, appelle près de lui le fils d'Anchise et
de Vénus, et tous deux, accompagnés de Chromius et d'Arétus, marchent contre Automédon

1. *Il.*, P, 401-404

qui se tenait devant les chevaux ; mais à la voix d'Automédon, les Ajax et Ménélas abandonnent aux plus braves la défense du corps de Patrocle, et accourent se ranger aux côtés du vaillant écuyer [1]. Il devient évident qu'en ce moment le cadavre est le centre de la ligne de bataille, à cause de l'extension du combat dirigé contre Automédon vers la droite.

La mort d'Arétus et l'arrivée des guerriers grecs refroidissent l'ardeur d'Hector, de Chromius et d'Énée, qui reviennent vers le corps de Patrocle. Ménélas les devance, et Podès tombe sous ses coups. Mais le fils de Saturne veut rendre la victoire aux Troyens. A la vue d'Hector, l'épouvante saisit les phalanges grecques, les plus braves s'épuisent en efforts inutiles; la fuite commence. On voit Idoménée diriger ses coursiers vers les vaisseaux [2]. Ajax lui-

1. *Il.*, P. 507.
2. Remarquons ici l'attention qu'Homère apporte aux

même reconnaît l'arrêt du destin, et désespère de la victoire; il pense alors à faire annoncer au fils de Thétis la mort de son ami, et il conseille à Ménélas de chercher Antiloque, le guerrier à la course rapide, et de l'envoyer à Achille. Ménélas rencontre le fils de Nestor à l'extrême gauche de la bataille,

« . . . . μάχης ἐπ' ἀριστερὰ πάσης[1], »

et lui apprend la mort de Patrocle.

Antiloque part aussitôt porter au fils de Thétis l'affreuse nouvelle, qui lui a enlevé à lui-même le courage et l'espérance. Ménélas revient ensuite vers la droite près de ceux qui défendaient toujours le cadavre; mais aupa-

---

moindres détails de son poëme. Il fait rester Mérion au combat sans char, parce qu'il était agile à la course; il fait partir Idoménée avant la déroute générale, parce que, il nous l'a dit plus haut (*Il.*, N, 509-517), Idoménée combattait vaillamment, mais ses pieds, dans la fuite, ne l'emportaient pas aisément hors des batailles.

1. *Il.*, P, 665-682.

ravant il a confié le commandement des Pyliens
à Thrasymède, frère d'Antiloque. Ajax dit alors
à Ménélas et à Mérion de soulever le corps de
Patrocle, et de le porter hors de la mêlée;
pendant ce temps, le fils de Télamon et ses compagnons résistaient aux Troyens. Le cadavre est
ainsi porté près du fossé[1]. La ligne п" п''' п''''
représente sur notre carte cette marche pénible
des Grecs poursuivis par leurs ennemis.

Mais Achille sait maintenant qu'il a Patrocle à venger. Soudain, les épaules recou-
vertes de la terrible égide de Minerve, il fran-
chit la muraille et parait sur le bord du fossé.

« Στῆ δ' ἐπὶ τάφρον ἰὼν ἀπὸ τείχεος[2]. . . . »

Il jette un grand cri, et dans l'armée
troyenne s'élève à l'instant un affreux tumulte;
douze guerriers périssent embarrassés dans

1. *Il.*, P, 715, et suiv.
. *Il.*, Σ, 215.

leurs chars et leurs armes, les autres se retirent. Les Grecs enlèvent sans lutte le corps
de Patrocle du champ de bataille, le soleil se
couche, la bataille cesse[1]. La fuite des Troyens
est indiquée par la ligne rouge qui commence
à n'''' et aboutit à z, à l'endroit où ils avaient
campé la nuit précédente.

Dans cette bataille périrent quatre-vingt-
dix-huit Troyens, dont Homère nous donne les
noms, et dans ce nombre neuf chefs de corps,
Antiphus, Asios, Archéloque, Pyrechme, Acamas, Sarpédon, Adraste, Cébrion, Hippo-
thoüs; cinquante et un autres ne sont pas
nommés, et parmi ceux-ci douze sont tués par
Ajax en voulant embraser la flotte, vingt-sept
par Patrocle, et douze périssent au moment
où Achille paraît sur le fossé. Parmi les Grecs
trente-six sont tués, dont sept chefs de corps,

1. *Il.*, Σ, 242.

Amphimaque, Ascalaphe, Prothoénor, Médon, Clonius, Schédius, et Patrocle, qui pourtant n'est pas nommé dans le *Catalogue*.

Les Troyens, s'étant retirés, s'arrêtent dans la plaine, et debout, accablés de fatigue et de faim, ils délibèrent sur le parti qu'ils doivent prendre[1]. Le sage Polydamas propose de se retirer vers la ville et de ne point passer la nuit dans la plaine, près des vaisseaux, loin des murs d'Ilion. Mais Hector ordonne au contraire que l'on campe sur place afin de pouvoir le lendemain recommencer plus tôt le combat. De leur côté, les Grecs pleurent Patrocle, et Achille attend avec impatience les nouvelles armes qui doivent servir à sa vengeance[2].

On a prétendu qu'il était impossible de renfermer dans une seule journée les nom-

1. *Il.*, Σ, 243-248.
2. *Il.*, Σ, 249-343.

breux incidents de cette longue bataille. Pour
bien juger la question, il faut savoir d'abord à
quelle époque de l'année on était parvenu; or
tous les détails qui dans le cours du poëme
peuvent nous aider à déterminer la saison où se
passent les événements racontés, concourent
à nous faire penser qu'on était alors en été,
c'est-à-dire au moment des plus longues journées de l'année. Ainsi nous voyons Diomède et
ses compagnons dormir en plein air, Ulysse et
Diomède entrer dans la mer pour y laver la
sueur qui découle de leurs membres (K, 572),
Nestor et Machaon sécher au souffle du vent
la sueur qui les couvre. Denys d'Halicar-
nasse (livre A) dit que Troie fut prise vers la
fin de l'été, dix-sept jours avant le solstice,
mais il ne nous dit pas de combien de jours
cet événement est postérieur à la mort d'Hector. Remarquons de plus que cette journée
commence avant l'aurore, c'est-à-dire vers
quatre heures du matin .

« Αὐτοὶ δὲ πρυλέες σὺν τεύχεσι θωρηχθέντες
« Ῥώοντ᾽· ἄσϐεστος δὲ βοὴ γένετ᾽ ἠῶθι πρό[1]. »

Elle finit au coucher du soleil, par conséquent vers sept heures :

« Ἥλιος μὲν ἔδυ, παύσαντο δὲ δῖοι Ἀχαιοὶ
« Φυλόπιδος κρατερῆς καὶ ὁμοιίου πολέμοιο[2]. »

Nous avons donc quinze heures à répartir
entre les faits qui sont racontés dans les rhap-
sodies Λ, M, N, Ξ, O, Π, P et dans la rhapsodie Σ
jusqu'au vers 242. Le poëte divise ce jour en
deux parties bien distinctes. La première commence avant l'aurore (Λ, 49-50), et finit dès
que le soleil commence à décliner, c'est-à-dire
après le milieu du jour, au moment où les
Grecs victorieux dépouillent Cébrion (Π, 777-
782). Si nous supposons qu'il est alors deux
heures de l'après-midi, nous aurons une pre-

1. Il., Λ, 49-50.
2. Il., Σ, 241.

mière division composée de dix heures, et une seconde de cinq. Or, dans l'espace de ces dernières cinq heures les combattants ne parcourent qu'une seule fois la plaine qui sépare Ilion du fossé, et, quoique les Grecs aient beaucoup de peine à traîner avec eux le cadavre de Patrocle, cinq heures peuvent suffire pour cette marche et pour le combat livré sur le corps du fils de Ménétius immédiatement après sa mort. Le doute n'existe donc plus que pour les faits compris dans la première partie, et dont la description commence au premier vers de la rhapsodie Λ pour finir au 782e de la rhapsodie Π. Les quatre mille vers consacrés à ce long récit exigent à peu près pour être récités le même temps que les faits eux-mêmes pour s'accomplir. Mais ils renferment nombre d'épisodes et d'actions qui ont lieu simultanément, à divers endroits. Les Grecs ont quitté leur camp avant l'aurore et après avoir traversé la moitié de la plaine, ils rencontrent les Troyens et se battent jusqu'à huit heures du matin (Λ, 1-88). De là les Grecs vainqueurs parcourent l'autre moitié de la plaine jusqu'à la ville (Λ, 89-283). Agamemnon ayant été blessé, les Grecs se retirent, et parcourent une seconde fois la distance comprise entre Ilion et leurs vaisseaux. Après l'arrivée de Patrocle et des Myrmidons, ils repoussent de nouveau les Troyens jusqu'à la ville, et parcourent la plaine pour la troisième fois.

Nous avons dit ailleurs que la distance de Troie au camp grec était de 9,000 mètres environ, et pouvait être parcourue par un char en moins d'une heure. Mais à cause des combats livrés sur la route, nous admettrons qu'il ait fallu huit heures pour les trois mouvements, agressif, rétrograde, puis de nouveau agressif, les autres deux heures ayant été employées au combat du matin. Tous ces détails prouvent que notre supposition n'a rien d'improbable. On a vu souvent, dans l'antiquité comme dans les temps modernes, parcourir de plus grandes distances dans le même espace de temps.

QUATRIÈME BATAILLE [1].

Au lever de l'aurore, Thétis porte à son fils les armes qu'a fabriquées Vulcain. Achille paraît alors dans l'assemblée générale des Achéens, réunie sur le rivage, et se réconcilie avec Agamemnon [2]. De part et d'autre, les Grecs autour d'Achille, les Troyens dans la plaine, se préparent au combat, et les dieux descendent de l'Olympe pour y prendre part; tout annonce que la lutte sera décisive. On voit Minerve, parcourant l'espace compris entre la

---

1. Elle commence au 1er vers de T et finit au 58e de Ψ. Tous les vers qui s'y rapportent sont, sur notre carte, précédés d'une croix.
2. *Il.*, T, 55.

plage et le fossé, encourager les Grecs, et Mars
exhorter les Troyens tantôt du sommet de la
ville, tantôt en parcourant les rives du Simoïs
et les hauteurs de Callicolone.

> « .   .   .   .   Αὖε δ' Ἀθήνη,
> « Στᾶσ' ὁτὲ μὲν παρὰ τάφρον ὀρυκτὴν τείχεος ἐκτὸς,
> « Ἄλλοτ' ἐπ' ἀκτάων ἐριδούπων μακρὸν ἀΰτει.
> « Αὖε δ' Ἄρης ἑτέρωθεν, ἐρεμνῇ λαίλαπι ἶσος,
> « 'Οξὺ κατ' ἀκροτάτης πόλιος Τρώεσσι κελεύων,
> « Ἄλλοτε πὰρ Σιμόεντι θέων ἐπὶ Καλλικολώνῃ [1]. »

Minerve semble ainsi prendre sous sa pro-
tection le camp grec tout entier, depuis le fossé
jusqu'au rivage, Mars tout le peuple troyen, et
les guerriers campés dans la plaine, à l'ouest
de Callicolone, et ceux qui sont restés dans
la ville.

Bientôt les dieux quittent le champ de ba-

---

[1]. *Il.*, Υ, 49-54. Les vers qui expliquent les mouvements
de Mars sont inscrits sur notre carte, entre le Simoïs et le
Scamandre, en rouge; ceux qui concernent Minerve sont
inscrits à la gauche du camp grec, en noir.

taille, ceux qui protégent les Grecs se **rendent**
à la muraille d'Hercule, ceux qui protégent les
défenseurs d'Ilion gagnent les sommets de
Callicolone.

« ὣς ἄρα φωνήσας, ἡγήσατο Κυανοχαίτης
« Τεῖχος ἐς ἀμφίχυτον Ἡρακλῆος θείοιο.

.   .   .   .

« Οἱ δ' ἑτέρωσε κάθιζον ἐπ' ὀφρύσι Καλλικολώνης,
« Ἀμφὶ σὲ, ἤϊε Φοῖβε, καὶ Ἄρηα πτολίπορθον [1].

La rencontre des combattants a lieu vers
le milieu de l'espace compris entre les deux
camps, autour du point Σ. C'est Énée qui le
premier ose se mesurer avec Achille; il va
périr, lorsque Neptune l'emporte de la mêlée.
Averti par Apollon, Hector, moins audacieux,
se replonge dans la foule des guerriers pour

---

1. *Il.*, Υ, 144-152. Les vers qui indiquent les diverses
directions prises par les dieux sont marqués sur notre carte.
Les deux premiers partent de Σ et sont dirigés vers le camp
grec, où était naturéllement la muraille d'Hercule, les autres
vont du même point Σ vers Callicolone.

éviter les regards du fils de Thétis. Le massacre commence; les Troyens tombent en
foule sous les coups d'Achille. A la vue de son
frère Polydore renversé sans vie, le fils de
Priam « ne supporte plus la pensée de combattre de loin, » et fond sur Achille. Son
javelot est détourné par Minerve, et lui-même
est enlevé par Apollon qui le cache sous un
nuage. Achille est contraint de tourner alors
son courage contre des adversaires moins
dignes de lui; il poursuit les Troyens jusqu'au
passage du Scamandre, chasse les uns dans
la plaine, vers Ilion, au même point où la
veille les Grecs reculaient devant Hector, et
pousse les autres dans la rivière.

« Ἀλλ' ὅτε δὴ πόρον ἷξον ἐϋρρεῖος ποταμοῖο,
« Ξάνθου δινήεντος, ὃν ἀθάνατος τέκετο Ζεὺς,
« Ἔνθα διατμήξας, τοὺς μὲν πεδίονδε δίωκε
« Πρὸς πόλιν, ἧπερ Ἀχαιοὶ ἀτυζόμενοι φοβέοντο
« Ἤματι τῷ προτέρῳ, ὅτε μαίνετο φαίδιμος Ἕκτωρ.
«   .   .   .   .   Ἡμίσεες δὲ

« Ἐς ποταμὸν εἰλεῦντο βαθύρροον, ἀργυροδίνην[1]. »

Le poëte fait allusion à la bataille partielle livrée la veille entre le tombeau d'Ilus et le Scamandre, autour du point M.

L'épée à la main, Achille s'élance dans le fleuve à la suite des Troyens, en massacre un grand nombre, et en prend douze qu'il fait conduire aux navires par ses compagnons, comme des victimes destinées à expier la mort de Patrocle. Puis il rentre dans le fleuve, tue Lycaon, dont il jette le corps au milieu du courant, « afin qu'il soit porté jusqu'à la mer. »

« . . . . . . Ἀλλὰ Σκάμανδρος
« Οἴσει δινήεις εἴσω ἁλὸς εὐρέα κόλπον[2]. »

1. *Il.*, Φ, 1-8. Depuis le point de la rencontre Σ, la marche des combattants et la séparation des Troyens sont indiquées sur notre carte par une ligne double. En parlant du Scamandre, nous avons fait mention de cet exploit d'Achille pour prouver que l'inflexion du fleuve vers le milieu de la plaine existait au temps de la guerre de Troie telle qu'elle est encore aujourd'hui. Voyez ci-dessus, page 58.

2. *Il.*, Φ, 124-125.

D'autres encore sont arrêtés dans leur fuite par la lance du héros. C'est alors que le Scamandre irrité gonfle ses ondes et veut engloutir le cruel ennemi des Troyens; Achille saisit un ormeau; l'arbre déchire la berge, se déracine et tombe; ses branches touffues retiennent le courant et servent comme de pont au fils de Pélée, qui s'élance hors du fleuve[1]. Le Scamandre le poursuit de ses flots mugissants, et lorsque Minerve et Neptune ont ranimé le courage du guerrier épouvanté, le Scamandre appelle le Simoïs à son aide. En jetant un coup d'œil sur notre carte, on reconnaîtra en effet le concours que le Simoïs pouvait prêter au

---

1. *Il.*, Φ, 242-255. Ce passage convient bien au Mendéré, dont le lit, assez large, est à sec pendant l'été; les Troyens et Achille s'y meuvent d'abord sans danger, ce n'est que plus tard que le fleuve irrité déborde.

Ce même passage condamne l'opinion de ceux qui appellent Scamandre l'Eau des Sources, ruisseau dont le lit étroit est toujours plein et ne peut jamais ressembler à un torrent.

Scamandre, auquel il se réunit un peu au-
dessus de l'endroit où se trouvait Achille à ce
moment; le fils de Pélée, après avoir jeté la
moitié des Troyens dans la rivière, s'y était
élancé lui-même et avait tué plusieurs ennemis [1]; il devait par conséquent se trouver entre
le passage ordinaire, « πόρος ποταμοῖο, » et le confluent des deux fleuves.

« Mon frère, s'écrie donc le Scamandre,
réprimons tous deux la fureur de ce héros, qui
menace de détruire la citadelle de Priam; les
Troyens ne peuvent aujourd'hui tenir contre
lui. Viens vite à mon secours, remplis ton sein
de l'eau de tes sources, excite tous tes tor-
rents, enfle tes ondes, entraîne bruyamment
arbres et rochers pour dompter ce guerrier
farouche [2]. » Certes si M. Hahn s'était rappelé
ces vers quand il était en Troade, il n'aurait

1. *Il.*, Φ, 7-240.
2. *Il.*, Φ, 308-314.

pas nommé Simoïs le ruisseau des Sources.

Mais le fleuve est dompté par Vulcain.
Achille reprend sa poursuite contre les Troyens.
Priam qui, du haut de la tour, le voit approcher, ordonne qu'on ouvre les portes pour
recevoir ses guerriers, et Apollon, qui veillait
sur la ville, excite Agénor à combattre le fils
de Thétis. Agénor en effet se retourne, attend
le héros, et lance son dard contre lui [1]. Achille
court contre l'audacieux, mais Apollon le fait
disparaître, prend sa place, et fuit vers le
Scamandre, tandis que les Troyens rentrent
dans Ilion.

« Τρέψας πὰρ ποταμὸν βαθυδινήεντα Σκάμανδρον,
« Τυτθὸν ὑπεκπροθέοντα· δόλῳ δ᾽ ἄρ᾽ ἔθελγεν Ἀπόλλων,
« Ὡς αἰεὶ ἔλποιτο κιχήσεσθαι ποσὶν οἷσι·
« Τόφρ᾽ ἄλλοι Τρῶες πεφοβημένοι ἦλθον ὁμίλῳ
« Ἀσπάσιοι προτὶ ἄστυ· πόλις δ᾽ ἔμπλητο ἀλέντων [2]. »

1. L'endroit où Agénor s'arrête est indiqué sur notre
carte à T.
2. *Il.*, Φ, 603-607. On voit que le héros, se trouvant près
de la ville, a le Scamandre à sa gauche.

Les Troyens sauvés, Apollon se fait reconnaître d'Achille, qui se précipite alors vers la ville, « méditant de terribles exploits. » Ces divers mouvements sont indiqués sur notre carte ; la ligne double TT′ indique la fuite d'Agénor vers le Scamandre; en T′ Achille reconnaît Apollon; la ligne double T′ T″ représente le retour du héros vers la ville. Au-dessus de la ligne TT′ nous inscrivons le vers :

» Τρέψας πὰρ ποταμὸν βαθυδινήεντα Σκάμανδρον. »

Au-dessus de la ligne T′ T″ on lit le vers :

« Ὣς εἰπὼν προτὶ ἄστυ μέγα φρονέων ἐβεβήκει. »

Seul, Hector reste hors des murs, devant les portes Scées, décidé d'abord à se mesurer avec son redoutable adversaire; mais à la vue d'Achille, la crainte le saisit, et il fuit vers les Deux Sources laissant les portes derrière lui.

Achille s'élance à sa poursuite, ils font trois
fois le tour de la ville en courant.

« Ἕκτορα, δ' ὡς ἐνόησεν, ἕλε τρόμος· οὐδ' ἄρ' ἔτ' ἔτλη
« Αὖθι μένειν, ὀπίσω δὲ πύλας λίπε, βῆ δὲ φοβηθείς.

. . . . . . , ...

« Ὣς τὼ τρὶς Πριάμοιο πόλιν περιδινηθήτην
« Καρπαλίμοισι πόδεσσι[1]. . . . . . »

Sur le prolongement de la ligne T′ T″ nous
inscrivons en rouge « ὀπίσω δὲ πύλας λίπε. »

Mais lorsqu'ils arrivent pour la quatrième
fois aux Deux Sources, Hector s'arrête, défie
Achille et tombe frappé à mort[2]. Dans notre
carte, on voit le prolongement de la ligne
double T′ T″ jusqu'aux Deux Sources; à cet
endroit, la ligne se courbe en se dirigeant vers
Pergame; si on la prolonge, par la pensée, en
lui faisant contourner la ville et qu'on la fasse
ainsi revenir à travers la plaine à son point de

1. *Il.*, X, 22-166.
2. *Il.*, X, 167-363.

départ, c'est-à-dire aux Deux Sources, on aura le circuit parcouru par les deux guerriers; il est de 5,000 mètres environ.

Achille attache le corps de son ennemi derrière son char et le traîne ainsi *jusqu'aux navires* [1]. Il n'est donc pas vrai qu'il l'ait traîné *autour des murailles*, comme on le croit généralement.

Dans la poursuite d'ailleurs, nous voyons les deux héros courir à pied et souvent sur un terrain inégal; il est donc probable que la route carrossable, « ἀμαξιτός, » ne s'étendait que du côté de la plaine, longeant la ville jusqu'aux Deux Sources, et que le reste du circuit n'était qu'un sentier praticable seulement aux piétons [2].

Les Grecs reviennent à leur camp, les Myrmidons pleurent Patrocle, tandis que les

1. *Il.*, X, 364-515.
2. Voyez ce que nous avons dit d'Ilion.

autres guerriers goûtent les douceurs du sommeil. Le fils de Pélée s'assièd sur le rivage avec
plusieurs de ses compagnons; accablé de douleur et de fatigue, il est surpris par le sommeil, mais l'ombre de Patrocle se présente à
lui et le réveille; il passe dans les pleurs le
reste de la nuit, et le lendemain rend les derniers devoirs à son ami, et fait célébrer des
jeux en son honneur[1]. Nous trouvons dans ce
passage la preuve que l'endroit où fut enseveli Patrocle était à l'aile gauche du camp, où
se tenaient les Myrmidons, et le tombeau ayant
été agrandi plus tard pour recouvrir aussi les
restes d'Achille, il est probable que le *tumulus*
du cap Rhœtée n'est autre que ce tombeau[2].

Après la quatrième bataille, le seul épisode
important qui se rattache à la topographie

1. *Il.*, Ψ, 111. — Ω, 3.
2. Voir ce que nous avons dit au sujet des *tumuli*.

de l'*Iliade* est le voyage de Priam venant demander à Achille le corps de son fils. Le vieillard sort vers le soir de la ville, et, ayant laissé de côté le tombeau d'Ilus, arrive au passage du fleuve et s'arrête pour faire boire ses coursiers[1]. Mercure y rencontre Priam et le conduit à la tente du héros, à travers le fossé et les tours, après avoir endormi les gardes et ouvert les portes.

« Ἀλλ' ὅτε δὴ πύργους τε νεῶν καὶ τάφρον ἵκοντο,
« Οἱ δὲ νέον περὶ δόρπα φυλακτῆρες πονέοντο,
« Τοῖσι δ' ἐφ' ὕπνον ἔχευε διάκτορος Ἀργειφόντης,
« Πᾶσιν· ἄφαρ δ' ὤϊξε πύλας, καὶ ἀπῶσεν ὀχῆας[2]. »

A son retour, Priam est encore accompagné par Mercure depuis la tente d'Achille jusqu'au passage de la rivière[3], et il arrive à Troie au moment où paraît l'Aurore.

1. *Il.*, Ω, 349-351.
2, *Il.*, Ω, 443-459. Ce passage nous montre avec quel soin étaient gardés les abords du camp grec.
3. *Il.*, Ω, 692-694.

Ici se termine la question que nous avons étudiée. Le reste du poëme contient la description des funérailles d'Hector, et peint la douleur du peuple troyen agité par le confus pressentiment de la chute même d'Ilion.

FIN.

PARIS — IMPRIMERIE DE J. CLAYE, RUE SAINT-BENOIT, 7.

ERRATA.

Page 15, ligne 12, *au lieu de* rhapsodie A, au 242ᵉ vers de la rhapsodie Z, *lisez*, rhapsodie A au 242ᵉ vers de la rhapsodie Σ.

Même page, lignes 21 et 22, *au lieu de Il.* Ξ, *lisez, Il.* Σ.

Page 91, ligne 21, *au lieu de Il.* N, *lisez, Il.* Λ.

Page 131, ligne 2, *au lieu de* Bufrase, *lisez*, Buprase.

Page 132, ligne 18, *au lieu de Il.* 251 — M 205, *lisez, Il.* M 251 —
N 205.

Page 202, à la note, *au lieu de* rhapsodie Ξ, *lisez*, rhapsodie Σ.

Page 209, ligne 10, *au lieu de* Nestor, *lisez*, Hector.

Page 211, ligne 17, *au lieu de* Polypete, *lisez*, Polypétès.

Page 120, ligne 3, *supprimez* d'Ajax.

TABLE DES CHAPITRES

CHAPITRE IV.

DES MOUVEMENTS STRATÉGIQUES DE L'ILIADE.

PARIS. — J. CLAYE, IMPRIMEUR, RUE SAINT-BENOIT, 7.

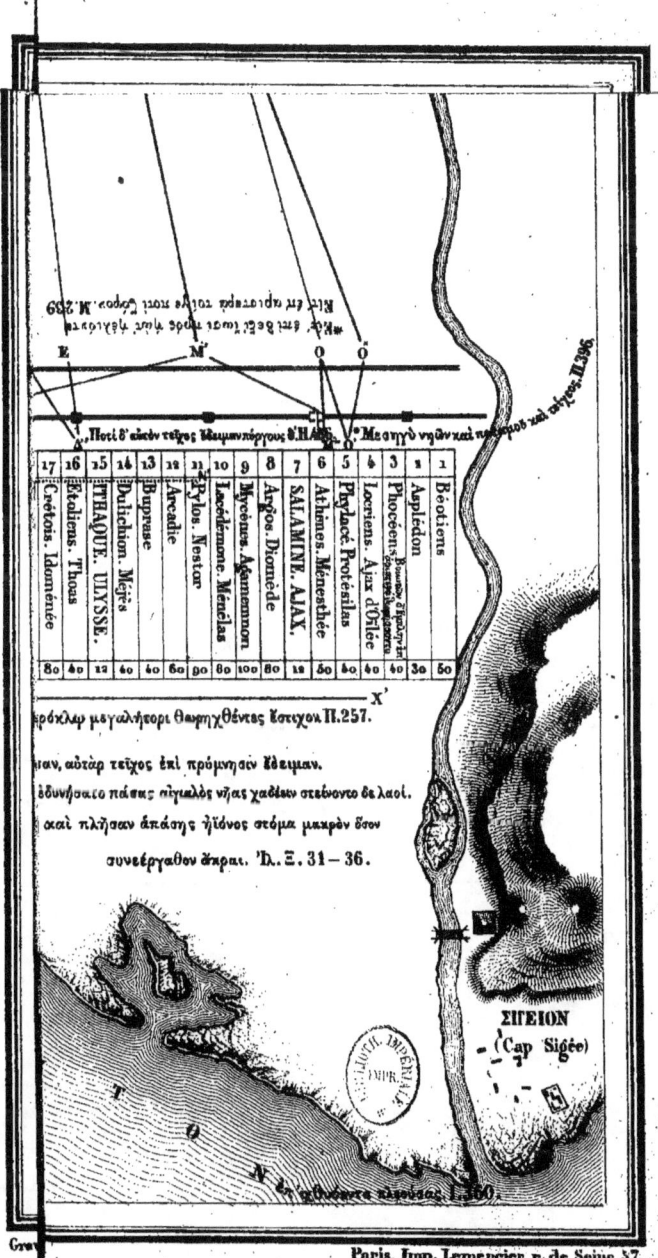

Paris. Imp. Lemercier, r. de Seine 57.

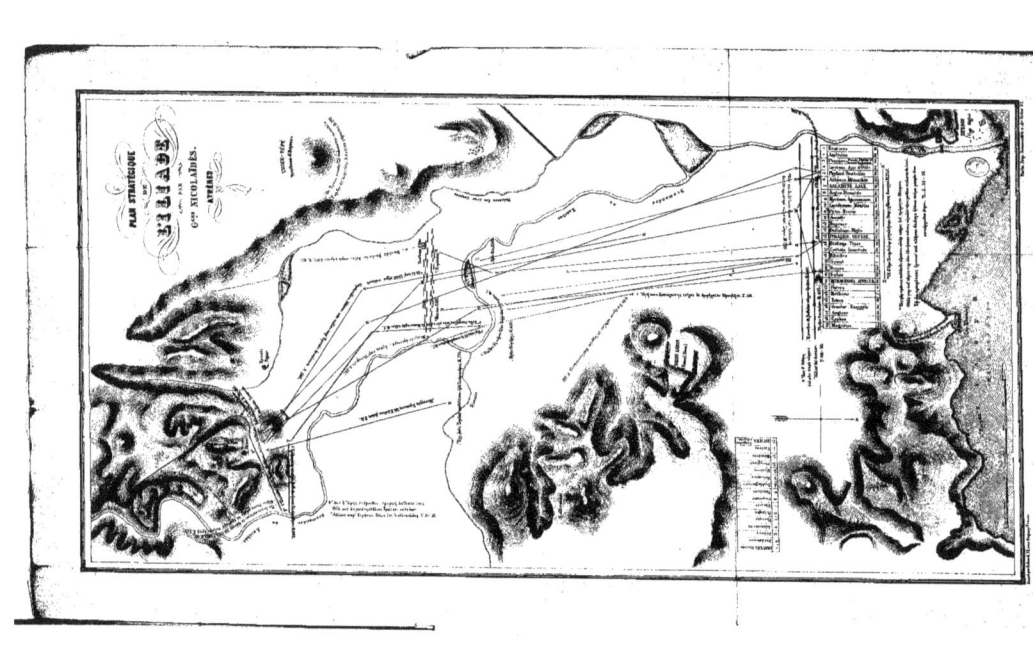

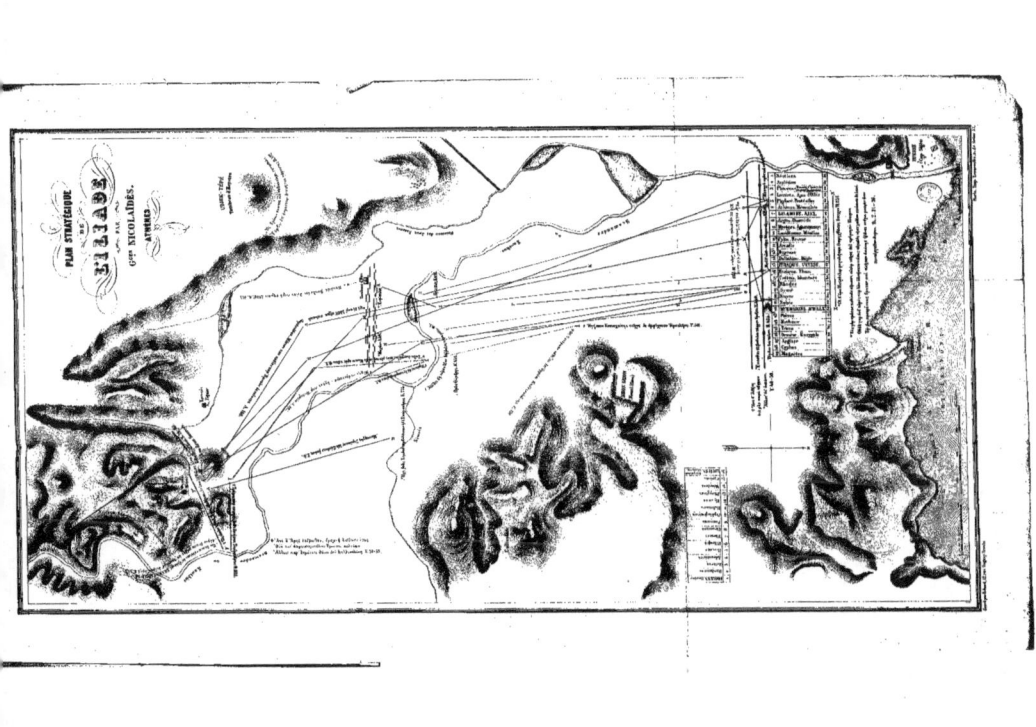

PLAN STRATÉGIQUE
DE
ELIZADE
par
Gen NICOLAÏDÈS.
ATHÈNES